四月，她將到來。

川村元氣
Genki Kawamura

陳嫻若——譯

目次

九年沒聯絡了。有話想告訴你，於是提筆寫信。

我以為只是寫封信嘛，再簡單不過的事。但是，起了頭之後，竟然下不了筆。仔細尋思了一會兒，也許已經十幾年沒有真正提筆寫信了。

認真的想著某個人，寫點什麼給他，原來是件非常困難、又難為情的事啊。

百年之後，恐怕沒有人會在紙上書寫了吧。但是，之所以想寫下來，肯定是夜半時分，心中有千言萬語，不知如何表達的關係。重寫了好幾次，卻因為標點符號打錯等，總之，就是言不及意，但是心頭的殷切想法還是沒變。

現在，我在波利維亞一個叫烏尤尼的小城。

這是個被雪白鹽湖圍繞的城，標高三七〇公尺，空氣稀薄但清澈，水藍色的天空飄著鼓脹的雲。只要一下雨，這裡的鹽湖就會積成淺淺的水塘，如同一面鏡子。水鏡映照著天，整個世界都成了天空。

我在湖畔某家鹽飯店裡，吃完硬得像石頭的麵包，和灑了西洋芹的鹹湯，便開始動筆寫信。

這家飯店牆壁是鹽、走廊是鹽，連沙發、床、桌子、椅子和花瓶都是鹽。在這裡待上兩天，任誰都會覺得自己像顆鹹菜吧。

在這家鹽砌的飯店裡，我認識了他。

他是個阿根廷人，琥珀色的眼珠、白皙的皮膚，和明顯的淡褐色雀斑。他說，他在鹽飯店裡已經住了半年，一直在畫水彩畫。

他的畫，每一幅的色調都很淡雅，看起來飄渺不定，就像透過乳白色濾鏡般美麗。我告訴他我喜歡這些畫，並且把我拍的照片借他看做為回禮。如你所知，我的照片也屬於淡泊的世界，他非常中意，說和他見過的景色十分相似。

與著名足球選手同名的他，用西班牙語及簡單的英文單字，告訴我他喜愛的食物、小說、電影和音樂。他喜歡白肉魚和紅酒，熱愛老偵探小說和美國新好萊塢電影*，睡前必聽拉威爾，喜歡的顏色是白與藍，一看到太陽雨便感到興奮。

那些嗜好有些和我相同，有些又差了十萬八千里。但是，他不斷訴說著自己心愛的事物，彷彿是為了確定我和他之間的連繫，哪怕多一個也好。

認識他的三天後，他帶我來到了湖邊。新月夜，滿天的星星映在湖水中，從天上到地下，整個世界都被星星覆蓋。

他說：「我會珍惜你。」我回答：「再給我一點時間。」我們在星光包圍的世界裡待到黎明。

接下來的兩天，我看著映在天空之鏡裡的自己，深深思索。

我愛上他了嗎，我能愛他嗎？

兒時，夏日的黃昏，我坐在陽台上注視著傾盆大雨，總會在雨停的幾分鐘前，有了雨停的預感——啊，雨就快停了，太陽要出來了——當這麼一想時，雨總是很快就停了。金黃色的光從空中撒下，我總是能清楚的感受到它。

對我而言，與你戀愛的最初，也是這樣的感覺。那時的我，有了比自己更看重的人。只要與你在一起，我就能相信一切都會好轉。

所以，在我心中，那個四月，即使到了現在還維持著朦朧的輪廓。雖然朦朧，卻長留我心。

我會再寫信。

伊予田春

---

*注：又稱美國新浪潮（New Hollywood），是指在好萊塢電影經歷外來影響，以及商業影片製作的衰退與電視興起的衝擊，從形式到主題進行改變。

四月，她將到來

號誌燈轉綠了。

藤代對著從十字路口對面蜂湧而來的黑壓壓人潮，按下了快門，單眼相機的快門鍵按壓下沉的瞬間，耳邊響起喀嚓一聲，他快速扳過捲片軸，連續的拍攝。站在身邊的小春，凝視著飄浮在澀谷站前十字路口上空那不合季節的積雨雲，她舉起了相機對準它——那朵澀谷街頭低頭行走的人群，沒人注意的積雨雲。

大台的膠片單眼相機，實在不適合嬌小的身軀，沉甸甸的銀色機身，裝了大口徑的黑色鏡頭。雖然是老機子了，但卻保養得宜，可以看出前主人在使用上相當愛惜。

就在散落的櫻花瓣從街頭消失得無影無蹤的時候，小春胸前掛著相機出現在藤代的眼前。

穿過銀杏林道，盡頭聳立著古老的紅磚校舍，攝影社靜靜的躲在相聲研究會、輕音樂社、校慶執行委員與電影社等房間並列的一角。藤代升上醫學院三年級之後，課業趕不上進度，總是躲到社辦去。

傍晚之後社員齊聚吵翻天的社辦，現在靜悄一片，只聽得見電動遊戲的電子音。留級兩年的四年級生阿主，躺在沙發上打電動，玩得正盡興。遊戲中勇者隊伍宛如蟒蛇一般，環繞著昏暗的地下室。

阿主認出藤代，「哦」的一聲，翻身而起，挪出沙發的空間。藤代道了謝，便在旁邊坐了下來，並從書架上冊數不全的老舊搞笑漫畫中取出一本開始看。沉默了一段時間，天花板附近的小窗射進強烈夕陽時，有人來敲門。

「新生嗎？」

門靜靜地打開，藤代發現一個女孩悄悄鑽進來時，問道。

「是的。」

女孩小聲地回答。

招募新生的時期已過，今年招攬進來的社員只有兩人。自己送上門的珍貴準成員豈可輕易放過，藤代竭盡全力地擠出爽朗的笑容盯著她看，眼光卻不由的停留在那台大相機，掛在她嬌小的身軀上簡直像塊秤錘。

「手動單眼相機啊？這相機體積滿大的嘛。」

「爺爺傳給我的……但是很重。」

粉紅的櫻唇在白皙通透的臉蛋中央微微地動了動，烏溜的眼睛充滿警戒地看著藤代。

塵埃在夕陽的照射下，如金粉般飛舞。

「看起來的確很重。」

藤代放慢了聲調，試圖消除她的戒備，然後把放在桌上的新生用名冊交給她。

「能不能先請妳把姓名與聯絡地址寫下來。」

她用涓流般的字體寫下了名字，烏亮的頭髮短短地剪到頸部，瀏海乾淨整齊，手腳細瘦但修長，從過大的T恤袖口看得到白皙的手臂。寫地址和電話號碼時，還不時偷偷瞄著他，眼神有如膽怯的小貓。

這也不難理解，一走進社辦便看到兩個虛軟無力的男人並排坐在沙發上，一個打電動，另一個沉浸在搞笑漫畫中，怎麼看都與攝影搭不上邊。

「伊予田春小姐，歡迎入會。妳讀哪個系？」

藤代估計她差不多該寫完了便問道。

「文學系。學長呢？」

「醫學系三年級，藤代俊。」藤代拿起搞笑漫畫繼續說：「別看我這德性，我是攝影社的副社長，不過，我猜妳可能不相信就是了。」

不會啊不會啊。小春使勁地搔著頭，也許已經忘了緊張吧，小小的笑聲響遍了三坪大的斗室。

「什麼時候開始玩相機的？」

「高二的時候，才剛接觸兩年左右。」

「新社員首先要和學長一起上街拍照，進暗房沖洗底片等，總之，得先把攝影的大小事學會。」

「有暗房真是太好了。我老家有暗房，搬來東京後，正煩惱著該怎麼辦。」

「妳是哪裡人？」

「青森，本州最北的城鎮。」

小春伸出食指，往上動了動，細白的手指宛如飄舞的蜻蜓。

「聽起來很棒吔，北方的盡頭呢。」

「那個地方很鄉下，而且屋子很大，所以就把一間沒用的房間拿來當暗房。」

「我們攝影社裡，現在好像只剩阿主和我還在用膠卷相機的樣子……」

藤代瞥了眼目光離不開螢幕的阿主。畫面中的惡龍在藍色火焰包圍下噴出火焰，阿主喀噠喀噠的連續按著遙控按鍵，可能勇者們的等級升得太快，惡龍瞬間倒下，華麗的小號音樂聲頓時響起。阿主面無表情，一點也不像樂在其中。

「他一向這樣……看來我得負責帶妳了。」

藤代苦笑了一下，花了點時間向她解釋，每個月要收五百圓團費，做為管理器材費，夏天會舉行集訓兼攝影會，社團的氣氛很悠哉，在攝影上自律嚴苛的社員很少。小春來回瀏覽著貼滿牆壁的社員照片，默默聽著藤代的解說。

「妳已經會沖洗照片了，好像也沒有什麼可以教妳的，也許妳會有些失望。」

當小春打開門準備離去時，藤代如此說道。不知為何，就是對她不想有所隱瞞。

「沒關係，我是下足決心才來的。」

小春轉過頭，凝視著藤代的眼睛微笑道。

「在青森拍過什麼樣的照片？」

走進中央街的雜沓人潮中，看著小春舉著相機猶疑不定的樣子，藤代問道。

儘管是上班日的中午，澀谷還是滿坑滿谷的人，一間間林立的速食店裡飄出混合醬油和辣醬的濃郁氣味。

「靜物和景色之類，就是身邊常見的東西。雖然我拿著相機四處拍了兩年，但是到最後已經沒什麼可拍了……我們那裡是個什麼都沒有的小鎮。」

小春從觀景窗抬起眼睛回答。

「什麼都沒有的小鎮？」

「是啊，我沒騙你，真的什麼都沒有。」

街頭的大螢幕中，金髮的女歌手正款擺腰肢舞動著，畫面上大大映出她煽情的嘴角，刺耳的電子合成音，反射在超高大樓之間。

藤代在速食店前的水泥地坐下，把相機對準貪噬巨大漢堡的少年。

「在東京，不管哪裡都塞滿了人和物，好像不愁沒有東西可拍。只不過，它們是否值得一拍，就很難說了。」

「會嗎？」

小春把相機轉向天空，按下快門，從超高大樓狹縫間窺探穿透而來的藍。

「我覺得這裡的天空比青森美。」

「真的？可以給我看看青森的照片嗎？」

藤代的視線移向小春的大背包上。

「咦，現在嗎？」

「嗯，現在。」

藤代笑著回答。

「我沒有正式學過攝影，所以……技術什麼的應該很糟。」

小春趕緊將背包從肩頭上卸下來，把手伸進去攪拌似的掏了老半天，拿出一本小相簿。

坐在中央街外圍的馬路護欄上，藤代翻開了相簿。埋在雪中的道路標誌、蓋在乾涸水田裡的便利商店、大雨中的木造小學、冷清車站前的古早麵包店等，張張都是顏色淺淡的景色。

「許多事物從我們小鎮裡消失了。我父母在我小時候就離婚，所以家人也各分東西。後來，我的朋友、附近的小學、常去的麵包店，也全都不見了。」

小春囈語般的說著，往來車輛的引擎聲淹沒了她的聲音，聽起來斷斷續續的。

「這是蘋果的花？」

默默地翻閱相簿的藤代停下了手，照片裡怒放的白花幾乎快要滿溢出來。

「是的，高三的時候，沒頭沒腦的拍了很多。」

小春側眼瞄著相簿說道。

「很美呢。」

藤代邊說邊翻頁，連著好幾頁都出現了白花。

「這些花是為了某個人而拍的。」

「某個人？」

「我家隔壁是一家照相器材行，老板伯伯總是一個人在那裡修相機，從小我就常常上門去玩。我的相機知識都是他教的。而且他不只會修理相機，不論什麼玩具、時鐘他也都能修，簡直就像是魔法師一樣。但是有一天，他病倒了。」

藤代的眼光從相簿中抬起來看向小春，她兀自低著頭。

「醫生宣告他沒剩下多少日子，伯伯聽了萬念俱灰，也拒絕動手術，坐在店門口前的搖椅上一待就是一整天。我每天都會去相機店。『等我死了之後，妳就會忘了我。』伯伯邊說邊拿起相機對著我拍。又說：『你一定會忘了我的容貌，我的聲音和走路的樣子，但是，那也沒關係，因為我在這裡摸相機、和你說話的時光不會消失。』」

小春皺起了臉，看起來十分難過。藤代沒說話，只是靜靜地望著她的側臉。遠方響起直升機飛過超高大樓上空的聲音，原本喧囂嘈雜的澀谷，卻好像因為她而寂靜下來。

「後來，我每天都到蘋果園去，拿起相機對著白花猛按快門。蘋果的花平淡、樸素，很快就謝了，不像櫻花那樣受歡迎。但是，我想起伯伯說過，他喜歡蘋果花，雖然嬌小，卻很努力的活著。過了一星期，蘋果花開始散落的那天，伯伯走了，我沒機會把照片拿給他看。」

「妳很想給他看吧？」

藤化再次打開相簿。

「不，沒看也好，我本來就沒打算把照片給伯伯看。不過，我是為他拍的。我把那時候對他的心情，都留在這裡面了。」

突然，眼前舊衣店的鐵門開了，巨大的擴音器流瀉出嘻哈音樂。在重低音的節奏驅趕中，藤代繼續翻頁，雪花般純白的重疊，看起來像暈開了一般。

「……藤代學長想拍什麼樣的題材呢？」

小春的聲音從轟鳴的間隙傳來。這突如其來的提問把藤代問愣了，他轉動著目光，搜尋著想拍的題材。遠處可見的街頭螢幕上，金髮女歌手再次扭動著腰，走在十字路口上的人潮紛沓而來。

「我想拍人像，希望能學會拍人的正臉。」

藤代看著小春回答。今天，這是第一次能面對她的眼睛說話。

「人像，很難吧，我也拍不好。」

小春凝視著藤代的眼睛說。

「想要拍出好的人像照，必須擁有想了解那個人的企圖心，但我沒有那種欲望。」

「欲望？」

「是啊。可能是我不太想挖掘別人心底的那一面吧。」

「這感覺，我懂。」

「伊予田，以後妳想拍什麼呢？」

小春沉默地窺看著觀景窗，把鏡頭對準走過眼前無數的腳。經過框架內的紅色鞋底高跟鞋、螢光色的運動鞋、黑皮鞋、過季的沙灘涼鞋等。

「大概是……拍不出來的東西吧。」

小春追逐著各式各樣的鞋答道。

「妳手上拿著相機，說這什麼怪話？」

藤代笑道。

「是啊。」

小春盯著觀景窗回答，她的側臉不自覺地微笑起來，娟秀的耳朵漸漸變紅，似乎正在發熱。

「像是雨的氣味啦、街頭的熱氣啦、悲傷的音樂、開心的聲音，或是喜歡別人的心情。我想拍這種東西。」

「確實都是拍不出來的東西。」

「是啊，可是那些東西確實存在。我想遇見一些拍不下來的美好事物，所以才隨身帶著相機。按下快門，只為了留下我此刻感受到的某些東西。」

「我肯定也拍不出來吧。不過，我喜歡看那種照片。」

「我會努力的。」

她放下相機抬起頭說著，並用細白嬌嫩的手輕輕地接過相簿。

不鏽鋼水槽設置在隨便漆上黑油漆的牆邊，發出暗淡的光。這個設於紅磚建築地下室的窄小暗房，一走進來便會漸漸失去時間的感覺。小春在波動的顯影液中，搖晃著相紙。三十秒、四十秒，藤代看著手錶，在紅色安全燈的照耀下，相紙上浮現出淡淡的影像——飄浮在紅色天空的紅色積雨雲。嗆鼻的醋酸氣味中，腦袋漸漸變得昏沉。

「再等一會兒。」

藤代從背後靠近並對著小春說。

他帶著一股春天草皮的氣味，是頭髮的香氣？還是頸項的氣味？小春心頭一驚，不由得閃開身體，紅暈也消退了。顯影劑中的紅色積雨雲慢慢增添了陰影。

「再等等。」藤代反覆地說。但是，小春突然用夾子夾起相紙。

「啊，還沒好。」

不知道是不是沒聽到藤代的聲音，小春已把影像淡薄的相紙，浸在定影劑的托盤中。

「太早了吧。」

小春這時才終於聽到藤代的聲音，「啊？」的驚呼一聲，然後微微低頭道歉。

晾乾相紙需要兩個鐘頭，兩人坐在社辦的沙發上等待。藤代看著不連號的搞笑漫畫，小春翻著德國攝影家的攝影集。她喜歡這樣的時間，就像等待實驗結果一般。兩小時後，打開暗房，把相片從夾子放下來，回到光明的地方，便能揭曉那張照片是不是心裡真正想拍的東西。

房間角落擺著一台恰好吻合空間的冰箱，藤代從中拿出兩罐烏龍茶，遞了一罐給小春，便在她隔壁坐下。想打開拉環時，指甲卻卡住使不出力來。房間裡只有兩個人，比平時涼快些，但藤代的額頭卻冒出汗，好不容易終於拉開拉環，他趕緊喝了一口，好掩飾自己的糗態。冰箱的溫度永遠設定在最低，冰透的烏龍茶穿過喉嚨。隱約聽見外面有薩克斯風、單簧管、長笛和雙簧管的聲音，管樂社的社員違反了社團中心的規定，各自在走廊上練習，但沒人出來指責。

門開了，混雜的樂器聲流瀉而入。

「哦，賓得士！」

藤代舉起手打招呼，一個頎長的男生走了進來，身上穿著賓得士（PANTEX）公司的T恤，手上握著最新的數位單眼相機，從兩年前開始，他每天來社團幾乎都是這身打扮，所以同期的藤代給他取了「賓得士」這個綽號。聽見別人這麼叫他，雖然有點害羞，但卻沒有不悅的樣子，似乎也欣然接受了。這位攝影社的社長很愛說話，接下來非得聽他說個三十分鐘才會停。

「伊予田，拍得怎麼樣？」

賓得士捲起印有「與眾不同的名機　不容置疑的優異」等英文字樣的T恤袖子，開始吃起超商買來的炸雞便當。

聽小春回答「很開心」後，他便開始滔滔不絕地說起PANTEX相機的種種優異性。每當說起他的最愛時，總是像彈開的爆米花般，一句接著一句說個不停。

等他簡報一輪結束後，才開始問起小春在澀谷拍了哪些題材，一面深深點頭，一面評論：「用女性的眼光來捕捉東京這個城市，很好。」最後秀出他上個月拍的廢棄鐵路照片，用「去拍只有現在的你能拍的題材吧」做收尾。過程中，小春開口說的話還不到十個字。

看準談話告一段落的時機，藤代帶小春回到暗房，輕輕地把照片從夾子上取下。剛洗好的照片顏色很淡，與小春其人如出一轍。從高樓狹縫間看到的雲、不規則延伸的樓梯、故意失焦的電子告示板、雀躍行走的高中女生背影等，一切都籠罩在一層薄紗中的柔和世界，就像小時候無意識看到的街頭景色。

藤代和小春回到社辦，賓得士和三個女生幹部圍在最裡面的桌邊，吃著各自買來的洋芋片，邊玩撲克牌。阿主依舊坐在沙發上，繼續面無表情的與惡龍作戰。在嘻鬧的房間一角，藤代小聲地對著小春說話。

「伊予田，你的照片我很喜歡，可是為什麼顏色那麼淡呢？雖然曝光太短也是可能的原因之一。」

「我也不知道為什麼，原因可能出在拍的時候，也可能出在洗的時候，也許兩者都有，反正洗出來總是變得這麼淡。」

「真奇妙。」

「我自己也搞不太懂，不過……」

「不過？」

「大概是我一直想拍，接近自己想看到的景色吧。」

「自己想看到的景色……」

藤代看著貼滿整面牆的照片，喃喃說道。

布魯斯・韋伯、哈利・卡拉漢、布列松和曼・雷等大師們的經典作品中，也夾雜著幹部們拍的照片。奔馳在落櫻紛飛中的列車、整片向日葵花海、被丟棄的三輪車和無人的游泳池，形成一片時代與空間混淆的世界。

「我從來沒有這麼想過，我也會有想看的景色嗎？」

「一定有的吧，只是你沒意識到罷了。」

「真的嗎？」

藤代再次看著小春那還帶著醋酸氣味的照片，一連串被四方形大樓切割的天空影像，驀然出現男人的臉。

那是張焦距沒對好的側臉。銀光射入的電車中，那個人站在門邊，皺著臉笑咪咪的樣子，看起來也像是孩子在唱歌。一定是趁那人不注意時拍下的吧。

搖晃、跳動的聲音在耳邊迴盪，那是他從未見過的、自己的笑臉。

五月的側臉

視線的一角，紅色在跳躍著。

小女孩使盡全力的伸直手臂，不斷地上下跳動，試圖碰觸父親舉起的手掌。大概才剛學會走路吧，女孩沒碰到手，身體一歪，摔在地板上。紅色洋裝的裙襬搖晃著，清脆的笑聲在漂白過般的白色空間裡迴盪。

「完全消失了呢。」

用玉蔥般手指嘩啦嘩啦翻著雜誌的彌生，不知何時停了下來，望著紅洋裝小女孩。

「嗄？妳說什麼？」

藤代的視線從發出銀白光的手機螢幕上抬起來。

「我們倆的戀愛。」

彌生把雜誌斜放，用手指描著標題，穿著白紗的新娘照片上方，粉紅色的文字躍然紙上——**婚姻的真實，愛情消失到哪裡去了？**

「什麼啊？」

藤代笑著說道，又把視線轉回手機上。

螢幕畫面上小海豚依偎在母海豚身邊的照片，是來自於加拿大水族館誕生了一隻寬吻海豚寶寶的新聞。身長一三〇公分，體重三〇公斤，海豚寶寶生性單純，存活率低，所以要等再大一點才會公開見客。

「別說是結婚了，現在連戀愛都很難。既要花錢，也很花時間，又不希望自己的生活步調被打亂。總之，還是一個人輕鬆又自在。據說這是男人的心聲。」

彌生用半開玩笑的口氣念出報導，質問似的看著藤代。淡褐色的眼珠，從大波浪的長髮中看得到白皙的臉龐。

「可是，一個人太寂寞了。」

藤代苦笑道。

「真的嗎？」

「我會騙妳嗎？」

「結婚兩年之後，那種感情也會消失。愛變成了親情。」

彌生朗讀完畢直盯著頁面。

「既沒了夢想，也沒有希望……」

藤代低語著，又把目光轉回手機，滑動畫面。在冰島觀測到的日全蝕報導，下一次是一年後，印尼將可看到太陽與月亮重疊的景象。

為什麼現在對日蝕的感覺，不像兒時那般興奮了呢？

「不過……最近真的都沒了呢。」

彌生翻著雜誌頁面大聲說道。

「沒有什麼？」

藤代朝著她的側臉問道。

「沒有心頭苦楚的想念一個人，或是嫉妒得睡不著之類。」

本想說：**確實如此**，但藤代沒說出口，只是側眼打量著彌生。彌生一身少見的深藍絲質套裝，凝視著紅洋裝女孩。

揚聲器傳出沉靜的古典音樂——巴哈〈G弦上的詠嘆調〉——像是在填補對話的空白。遠處的座位，母親抱起倒在地上的女孩，把捲縮的洋裝裙擺拉直，母親指責：「安靜一點。」但表情十分溫柔，父親拍拍女兒的頭說：「對不起，都是爸爸不好。」

「讓您久等了。」

盤著髮髻，穿著絲光黑色褲裝的女子在眼前的座位坐下，花邊領的白襯衫從外套中隱隱露出來。

「我準備了幾個方案，先請兩位看看。」

「謝謝。」

彌生合上雜誌抬起眼，藤代也配合著把手機收進亞麻外套口袋，看向褲裝女子。她約莫接近四十吧，相對於完美的笑臉，她的手透著疲憊，銀色的指環顯得格外光亮。

「再跟您確認一下大名好嗎？新郎是藤代俊先生，新娘是坂本彌生小姐，請看看字有沒有寫錯？」

「沒錯」

彌生回答，藤代也點點頭。

穿著同格式褲裝的婚禮顧問們，腳步聲如同節拍器般規律整齊的在大理石地板響起。奢華的水晶吊燈、無數的婚紗，高級飯店中婚禮籌備中心的玻璃桌前，好幾組準新人同時在決定儀式的步驟，恣意盛開的百合像在吶喊：你們是幸福的。

「如果方便的話，能否請教一下兩位的職業？」

「我是醫師，她是獸醫。」

「原來兩位都是醫師啊，真是天造地設的一對。我會為兩位提出最適合的方案。」

肉麻的奉承聽得藤代只是苦笑，隔壁的彌生也是同樣表情，不用看也知道。

「禮服決定好了嗎？」

「等一下才要去試。」

彌生回答道。

「兩位的時間總是很趕呢。」

藤代應和著。

「那麼，蜜月旅行方面？」

「嗯，還沒規畫呢。」

「我和她的休假總是喬不攏。」

「雖然很想去歐洲繞一圈。」

「但能去的地方大概只有夏威夷吧。」

彌生笑臉說著，藤代也跟著應諾。默契十足的回答。

禮服不必華麗，但材質要好；蛋糕不要裝飾用的，而是可以分給大家一起品嚐的實物；攝影是有必要的，但不需要錄影；給父母的信可以省略；新人贈禮從目錄裡挑選；喜帖素色就好。兩人選擇刪去的部分，比想要的部分更多，一點也沒出現意見對立的場面。

婚禮顧問愉快地應合著，偶爾加入從另一個觀點的建議，引導他們的共鳴。不愉快的事、討厭的事、覺得醜的東西，她精確掌握出藤代與彌生共有的負面感覺。

如同診察一般，藤代思忖著。對新郎新娘是一生一次的大事，但對她而言，只是數百、數千對客戶之一，即使如此，她並不破壞「我們是特別的一對」的幻想。重要的不是將心比心，而是經過完美訓練的舉止態度。

「哇──！」

突然冒出一聲尖叫，轉頭一看，紅洋裝女孩抓住彌生的手臂，露出調皮的笑臉。

嚇死我啦！彌生睜大眼睛暗忖道。小女孩咯咯咯地笑了。

「快回來。」

聽到小女孩母親的呼喚聲，藤代一抬頭，小女孩的父親一臉歉意的向他鞠躬。

「等人很無聊哦。」

彌生摸摸女孩的頭，拿了一塊咖啡附帶的餅乾給她。女孩輕輕點頭後，叫喊著「媽媽！」便回到母親身邊。

「那組客人也是辦婚禮嗎？」

藤代望著小女孩的父親將她抱上椅子，讓她像洋娃娃一樣坐著，一面向婚禮顧問問道。

「是的。最近不少客人都是生了孩子之後，才舉行結婚典禮。」

她露出笑容回答，對一切都抱持肯定的態度。

「看來這婚禮會辦得既熱鬧又開心呢。」

彌生微笑說道。

「是啊。」

藤代跟著應和。

「那麼，兩位希望預訂的日子，是一年後的四月，沒錯吧？」

婚禮顧問的問題終於來到了最後。

「麻煩妳了。」

藤代與彌生同聲相應的行禮致意。

不知何時開始，背景音樂從G弦上的詠嘆調，換成了帕海貝爾的卡農，大鍵琴似在追逐小提琴般，粗糙的音色流瀉在白色房間裡。

「到了四月，本飯店可以欣賞到美麗的櫻花，一定是場完美的婚禮。」

婚禮顧問最後又一次露出完美的笑容。

✤ ✤ ✤

在月台等待電車，身體沉甸甸的，沒來由的感到憂鬱。一回神，我已提步狂奔，跑上了樓梯，閃進駛進對面月台的電車裡。

我要去哪裡呢？在電車的搖晃中，來到海邊漫無目的的亂走。為什麼來到這兒？小雪紛飛的海邊，我遇見藍髮的女孩，卻不知對我而言，她曾經是我最愛的人。

藤代與彌生坐在黑色皮沙發上看電影，彌生租了一支風格迥異的愛情片，導演是以音樂片馳名的法國導演。

人為什麼會喜歡沙灘呢？電影中，藍眼睛的男人看著大海自語著。它充其量只是小石粒堆積形成罷了。

窗外，東京的街道呈放射狀散開來，都心摩天住宅的二十八樓，房間裡僅放著最少量的家具，青一色全黑。沙發和餐桌是藤代選的，燈和椅子是彌生買的，餐桌上插著附近商店街某花店找來的黃色非洲菊，只有那束花為房間帶來明亮的色彩。

「喵～」的一聲，貓跳上藤代的腿上。牠是一隻黑白灰三種毛色和諧分布的小公貓，三年前，兩人租下這棟屋子時一起帶來的。

因藤代與彌生共同認識的獸醫朋友慫恿，而認識了牠。「生下了五隻小貓吔！要不要來看看？」當初聽到有五隻貓才去的，沒想到只剩一隻貓。挑剩的那隻小貓，大大眼睛警戒地看著他們，友人說：「其他幾隻都被領養了。」藤代與彌生都不是強求之人，便決定接受那隻小貓。現在回想起來，完全被朋友耍了。那四隻小貓肯定早就被四個人訂走，藤代注定只會見到最後剩下的貓。

為什麼沒有人挑牠呢？理由很簡單，牠怕生，不親人。剛開始，是隻連抱都不給抱的小貓；但是，唯獨他們看電影的時候，牠會來到身邊，跳到藤代腿上。這隻怕生卻愛看電影的小貓，藤代提議取名為「伍迪．亞倫」，彌生笑著贊同。

「老實說，我收到一封信。」

藤代盯著電影中在海邊徘徊的藍眼男人說道。

「信？」

彌生轉頭看向藤代，她一手端著白酒，正在吃米莫雷特起司。

「前女友寄來的。」

她「喔」了一聲，語氣聽不出是否感興趣。

「大學時代的女友。」

藤代目光仍然盯著電視螢幕說。

「第幾任？」

「嗯——，第一個女友吧。高中時只牽過手。」

「那你是她的第幾任呢？」

「也是第一任。」

「你們兩個大學生還真純情呢。」

「我現在也沒變到哪裡去啊。」

「那可不一定。」

彌生微笑著，將白酒一飲而盡。

藤代發現酒瓶已空，從沙發上站起來，打量著迷你酒櫃，拿出一瓶紅酒，他看到彌生點頭，便快步回到沙發。

電影畫面中，男主角接到醫療公司的通知書，上面記載著以前的情人刪除了與他有關的記憶。**為什麼要刪除我？我們曾經那麼相愛過！**擅長拍喜劇片的男明星演得如泣如訴，他的悲哀讓這個荒唐無稽的故事變得動人起來。

「她現在在烏尤尼。」

「哦，就是那個鹽城。」

「對，湖面如鏡的地方。」

「是秘魯嗎？」

「差一點，是玻利維亞。有個阿根廷人在那裡向她告白。」

拔出軟木塞的聲音低微響起，藤代徐徐地注入紅酒。

「真浪漫。那她怎麼說？」

彌生點點頭表示謝意，接過酒杯。

「她沒提。」

「可惜。」

彌生笑了，笑聲隱約帶著乾澀，與電影的配樂交會在一起。

新的人生在等待你。醫生和藹的安慰藍眼男子。忘卻會產生更美好的未來。照片、書、素描簿、雪景球，男人把應該刪除的女友記憶全都收集起來。**既然妳把我刪了，我也決定刪除妳。**

「我最近才遇到一件煩心事。」

彌生嘆息道。

「怎麼了？」

藤代的視線依然對準電影。

「有個年輕的上班族女生，養了一隻貴賓犬。她最近精神狀況不太好。」

「精神狀況對寵物也有影響嗎？」

「多多少少有吧。因為連貴賓犬也病倒了，牠啃食自己的腳毛，變得光禿禿的。聽說主人完全沒帶牠去散步。」

「那隻狗真可憐。」

「雖然是小型犬，但畢竟也是狗，我拜託她，務必帶狗去散步，但她說，她的狗喜歡和她待在家裡，根本不聽勸。」

藍眼男子審視著過去的自己，時而突然快轉，時而飄浮，記憶漸漸消失。腦海中的空間和尺寸全都亂成一片，就像亂七八糟的小孩房間。

「這種時候該怎麼辦？」

藤代的視線離不開奇妙的影像，但也沒忘了問。

「鍥而不捨的一直勸她呀。不過，飼主聽不進去的話，我也沒有辦法。」

「只能盡人事了。」

「是啊，因為我的客戶不是動物，而是飼主啊。」

刪除妳之後，真是太快樂了！電影中的男人吼叫著。**她想要小孩，我沒能回應她。**兩人默默吃飯的影像太悽涼。但是，越是回溯兩人的回憶就越美好——躲在被窩裡聊起童年時光；告白的那天，愛著她；初遇的那天，愛上她。

「以前妳好像說過吧。」

注視著藍眼男子與藍髮女子擁吻，藤代喃喃地說。

「說什麼？」

「動物沒有複雜的戀愛情感。」

「嗯，從生物學的角度，是有人這麼說過。」

「那麼，也不會嫉妒了。」

伍迪．艾倫從藤代的膝上跳下，換到彌生的腿上，貓如同抱枕般蜷縮成一團。

「自從養了牠之後，有時我也會想，牠是不是也會嫉妒呢？」

彌生撫著牠說道。

「連獸醫也會有這種想法呀？」

「不過，治療動物還是比較輕鬆，我無法了解精神科醫生在想些什麼。」

「我也不懂妳在想什麼啊。」藤代苦笑，繼續說道：「世上唯有人類這種動物會思考別人的想法，所以才有趣嘛。人會為他人歡喜傷心。不過，最近我覺得人好像越來越像貓和狗了呢。」

「的確，大家都只懂得愛自己了。」

幸福停留在純真的心靈，容許忘懷，在陽光的導引下，沒有陰影的祈禱將推動命運。電影正在朗頌亞歷山大・波普*的詩。

藤代轉頭看向窗外。從開放的窗吹進了暖風，帶著微微海水的氣息，光線在無數擴展的四角窗上複製著林立的大樓。那些孤獨的光，看起來宛如勉強支撐著建築物本身。

「但，若是找到比自己更重要的人，會幸福吧。」

藤代把杯裡殘存的一口紅酒喝光，腦中掠過小春在烏尤尼的天空之鏡獨自佇立的身影。**她為什麼會到那裡去？為什麼突然寫信給我？她想告訴我什麼呢？**

「去那家婚禮企劃公司的人，都有過那種稀有的邂逅吧。」

彌生也跟著乾完酒杯裡的酒。

「怎麼說得彷彿事不關己似的。」藤代不滿地說。

「當然，我也是其中之一啦。」她微笑道。

片尾開始出現時，彌生默默地站起來，動手收拾厚玻璃餐桌，藤代則到流理台洗餐具。彌生按下鉑傲（Bang & Olufsen）音響的開關，靜

＊注：亞歷山大・波普（Alexander Pope），十八世紀英國最偉大的詩人。

靜地流瀉出比爾·艾文斯（Bill Evans）的鋼琴。吃到一半的起司與盛放長棍麵包的希斯陶瓷（Heath Ceramics）大盤、力多（riedel）酒杯與香檳杯、線條柔細的叉子，兩人熟練流暢的動作，合作無間。

同居三年了。彼此都知道凡事的最佳解答，溝通總是進行得恰如其分，相處的感覺並不壞——這也許是男人與女人最終的形式。

「藤代君，有件事——」

從洗手間出來的彌生叫住他。

「什麼？」藤代嘴銜著牙刷說。

「上次我們說過，沙發差不多該換了。」

「我們談過這件事嗎？」

「談過了呀！你都沒在聽，所以才沒印象。」

「真的嗎？」

「你老是這樣。」

「嗯，妳說的沒錯，那是因為妳總是說同樣的事嘛。」

「就因為你都沒在聽，我才會一直說同樣的事，懂嗎？」

「對不起。」

藤代笑著漱口道歉。彌生站在旁邊，用肥皂洗手，藥草的香味飄蕩在洗手間。

「即使如此，」回到客廳，當藤代準備按下電燈開關時，彌生的聲音自後方傳來。「你那個前女友，為什麼會突然寫信給你呢？」

「我也不知道……」

「上床睡覺吧。」

彌生的聲音喚回了意識，他沉默地點點頭，關了燈。漆黑的房間裡，東京的摩天大樓發出光亮，映照出她的側臉。

高度一〇九公尺的黑白色調世界裡，他聽見聲音在說：「不知還會不會再來信呢？」可是看不見表情。

不是，藤代發現，並不是看不見，而是看不透。

這段記憶很快也會消失。藍髮女子說道。**但我還是一直愛著妳！**藍眼男子吶喊著。剛才看過的電影場景在腦海中重新浮現。冬天的海，在沙灘上奔跑的兩人。**再回到這海邊相見吧！**他們在逐漸消失的意識中如此約定。

後來兩人怎麼樣了呢？藤代尋思著最後一幕的記憶，但怎麼想都想不起來。

藤代與彌生分別走進自己的房間，睡在自己的床上。

已經快兩年沒做愛了……

六月的妹妹

白色聚光燈落在舞台中央，狹長的光管中，瘦削的白人閉著眼在唱歌。古典吉他、貝斯、鼓、弦樂四重奏，樂團成員配合著他的歌聲奏起樂音，副歌中配合美麗的鋼琴旋律唱起的外國歌詞十分陌生，聽起來像小鳥的叫聲。

「是冰島語。」

大島在小春的耳邊解釋，然後扶好黑框眼鏡。

「冰島？」

小春挺直背脊把嘴湊近大島耳邊，稍微提高了聲調，以免被樂團的聲音蓋過。

「對，火山與冰河的國家，樂團的名字也是冰島話。」

「難怪不會念。」

賓得士從旁插嘴道。今天，他也是一身熟悉的T恤，上面寫著「與

眾不同的名機　不容置疑的優異。」

「這是什麼意思？」

站在賓得士後方的藤代，走到大島身邊問道。

「勝利的薔薇。在冰島，是這個意思。」

回答的時候，他笑得像個少年。

大島的頭髮夾雜著白髮，形成美麗的灰色。八年前大學畢業的他，據說以前是徠卡底片式相機的愛用者，但是自從藤代認識他之後，從來沒見過大島帶相機出來。由於他走路時肩膀右高左低兼駝背，所以遠遠就能認出他來。灰色的頭髮襯著孩子氣的臉，看起來宛如外國少年。

不論何時，他的出現總是出人意表，完全沒有固定的時間，許多成員都納悶大島過著什麼樣的生活？若向他問起，他一定都這麼回答：

「很簡單，當放棄一切的時候，時間就會來配合我了。」

他的見聞不只限於攝影，也充溢著電影、小說和音樂的知識，但在大學之外，似乎尋不著容身之地。明明很怕生，卻又怕寂寞，是個孩子似的大人。那種對自由的曖昧特質，吸引了許多社員，他的身邊總是被學弟妹圍繞著。

社辦牆上掛著極光的照片，閃耀在夜空中的翡翠綠簾幕，是大島大學時代到冰島旅行時拍下的。

「傳說冰島有精靈，冰島人和火山、冰河以及精靈生活在一起。」

他正經八百說的話，社員們雖然哈哈大笑，卻也聽得入神。

「最好去看看這個冰島的樂團。」

上星期，大島提了這個建議，一如既往的出乎意料。據說該樂團將在灣岸的音樂展演空間（Live House）舉辦日本公演，這次新出的專輯是傑作。小春表示想去演唱會，藤代和賓得士也有興趣。

「那麼，大家一起去吧？」

在大島邀約下，四個人便來到Live House。

占據最後一排的藤代，放眼望去，眼前是數百個人頭。昏暗照明中，配合著「勝利的薔薇」的演奏，人影如波浪般搖晃。

從演奏開始的那一刻，藤代胸口揪緊，一陣苦澀。每當感情波動前，一定會降臨苦澀，身體是這麼記憶的。預感果然沒錯，隨著演奏的進行，柔軟而溫暖的感情，取代了苦澀，流進心底，它莫名的撼動了藤代的內心深處。轉過頭，身旁的小春已是熱淚盈眶。

「被音樂吸引，與被那歌手以及他眼中的世界吸引，是相同的意思。小春，有一天妳應該去冰島看看。」

看著小春伸手拭淚時，大島如此說道。小春微微點頭，掛在脖子上的沉重相機跟著搖動。

「攝影也是一樣，」大島的目光轉向那台相機，繼續說道：「被照片吸引，也就表示被那位攝影師的心靈所誘引。」

使勁逼出的假音歌聲迴蕩著，藤代沒有轉頭，只轉動眼珠子瞥向小春，她睜大的眸子專注地盯著舞台。四重奏的演奏悠揚動聽，歌聲宛如往上噴發在高空飛舞著，但聽起來也像是嗚咽的聲音。

照射舞台的燈轉向觀眾席，人群變成黑色的剪影，藤代對逆光瞇起了眼睛。小春灰色的眼眸在發光，她的身體像凍僵般紋絲不動，似乎竭力在忍耐著什麼。大島笑著揉揉小春的頭說道：「沒事、沒事。」她瞬間如同冰塊融化般地笑了，點了兩、三次頭。

在顏色淺淡的幸福世界，那個地方看起來只容得下兩個人。

七彩光線快速旋轉著，走出演唱會現場，聳立在眼前的摩天輪放射出眩目的光。音樂的餘韻還殘留在身體裡，眺望著那耀眼的光源，感覺自己彷彿身在科幻電影中。

「去吃飯吧？」

賓得士提高聲線，對著被人潮推著前進的藤代等人喊道。

「這附近沒什麼吃的，我們坐電車到澀谷去吧。」

藤代沒食慾，想直接回家。小春低著頭，似在沉思。

「我們快點上車吧，臨海線在這邊、這邊。」

賓得士可能沒察覺吧，走在前面催促著。

「等一下！」

小春突然出聲道。

「怎麼啦？」

賓得士驚愕問道。

「我想去拍照。平時很少來灣岸這裡，而且也想練習拍夜景。」

小春抬起頭注視著摩天輪繼續說。

「唉，別這麼說，大家一起走嘛。灣岸這種地方，隨便什麼時候都能來，對吧？大島。」

賓得士拉不下臉來。

「大概是吧。」

走在前面兩步的大島回過頭，望著藤代和小春沉吟道。小春朝大島投向求助的眼光，兩人相互凝視了許久。

九點的報時音樂在灣岸地區響起。

「那麼，藤代，」大島把目光轉向藤代，「你陪小春去好了，畢竟你是領隊。」

「知道了。」藤代用含糊的聲音回答。

「對不起喔。」小春欠身。

「這樣啊！」被潑冷水的賓得士聳起了背。

大島盯著三人的模樣看了一會兒，突然大笑起來。

「不知為何，真羨慕你們。」交抱著雙臂說道。「喂，賓得士，只剩你跟我，不爽哦？」隨即用細長的胳臂勾住賓得士的脖子。

「沒那回事！我才想和學長兩個人喝一杯呢。」

賓得士豪氣十足地說。

「好極了，那就這麼決定，今天晚上不醉不歸。」

大島中氣十足地說完，就沿著單調的水泥街道，在海風吹拂中朝著車站邁步前進。小春注視著大島左肩稍低的背影漸漸遠去。

東京的街頭閃耀著，彷彿浮在漆黑的大海盡頭。

小春把相機放在孤立在海邊的郵筒，按下快門。**誰會在這裡寄信呢？**就在藤代思忖的幾秒鐘之間，快門聲停了。

「你不跟他們去喝酒，沒關係嗎？」

小春從郵筒拿起相機對藤代問道。

「沒關係啊，」藤代盯視觀景窗，海邊黑漆漆的，不論怎麼拍都會變成焦距糊掉的照片。「而且先練習夜景攝影，放煙火的時候就能拍出成功的照片。」

「夏天就快到了呢。」

「是啊。妳喜歡煙火？」

「是的，今年夏天我想拍很多很多煙火。」

「真巧啊，我也是。」

「藤代學長喜歡什麼樣的煙火呢？」

小春凝目注視著對岸的夜景。這裡是人造海，聽不到海浪聲。

「我喜歡單色的煙火。」

「單色？」

「對，像是紅色的仙女棒，或是黃色的滿天星、白色的沖天炮，反正就是沒有混合顏色的煙火。」

「單色的煙火啊……不錯喔。」

「小春呢？」

「我嘛……我喜歡從遠處看到的煙火。」

「遠處看？」

「嗯——這很難解釋。」小春看看手錶一邊說，「現在去的話，也許時間剛好。藤代學長，要不要一起去看呢？」小春說完，驀然朝著單軌列車站跑了過去。「說不定勉強趕得上喔！」

腦袋好像還留在原地，只有兩條腿跟著小春跑起來，稀疏的街燈偶爾照在那小小的背脊上，小春的身影時而出現時而消失。從黑暗的海邊穿越樹林，便看到過度被螢光燈照耀的單軌列車站，毫不留情的刺眼光線，令他忍不住瞇起了眼睛。

衝進車站，跑上樓梯，他氣喘如牛，腳底熱呼呼的。經過剪票口，跑入駛進月台的列車上。**趕上了。**小春嗆咳著坐進淡藍色的座位，藤代也蹣跚地走過搖動的車廂，在小春身旁坐下，高速的搏動在耳邊響著。**小春究竟打算到哪裡去呢？**心緒混亂之中，卻覺得滑稽到差點笑出來，自己已經多少年不曾全速奔跑了呢？

單軌列車的車廂裡，只有兩個人，擦得清亮的玻璃窗，映出藤代與小春並肩而坐的身影。單軌列車沿著幽暗的海邊，快速地滑動，整列車的運轉全部自動化。望著海對岸星光般閃爍的夜景，覺得自己宛如銀河鐵道上的乘客。

「還沒到夏天，哪裡會有煙火呢？」

悸動好不容易平息下來後，藤代問道。

「馬上就到了。」

小春回答，她的目光依然凝視著暗夜裡的海。

「什麼意思？」

單軌列車緩緩地轉彎，窗外出現廣大的海面，他們來到外海了。

「趕上了。」

他聽見小春小小的低吟聲，這時，從列車窗口看見對岸升起的小火花。遙遠的海上，火花宛如小生命在吶喊般綻放開來，消失在夜空中，好像所有的聲音都消失了。

「我喜歡藤代學長。」

小春凝視著藤代，大大的眸子裡倒映出自己。

剛才，自己想對她說的話，被她搶先了。

「我也喜歡小春。」

藤代的喉嚨沙沙的，努力擠出聲音回答。

剎那間，淚水從小春的眼中滑落。

「我從來沒有這種感覺。」她說，「這些日子，我一直很煎熬，不知道怎麼表達自己的心情，現在能說出來，覺得好幸福喔。」說完她笑了，顫抖的笑聲迴響在只有兩個人的車廂。

發出熱烈光芒的眼神，彷彿在吶喊：**我活在此時此地！**洶湧的情感令藤代震懾，如同「勝利的薔薇」般，柔軟又溫暖的潮流一股腦兒的灌入胸口，令他泫然欲泣。但兩人只是透過濕潤的眼眶，默默地凝視著對岸的煙火。

戀愛和感冒很像。藤代每次戀愛時都會這麼想。

不知不覺間，它就開始了。就像身體不知何時感染到感冒病毒，等到察覺時已經像發燒了一樣。但他和小春不一樣，從與她墜入情網的那一刻，藤代心裡就明白，即使未來的人生還很長，但他知道，再也不會有那麼心動的剎那了。

對小春來說，藤代是她的初戀。

那天起，她再也喝不了曾經最愛的咖啡了。沒有任何預警的，突然就不想喝了，不管是咖啡的樣子、味道，她全都無法接受。

「愛上一個人，就會失去一項喜好嗎？」

學校後面的老咖啡廳裡，小春喝著無奈點來的奶茶問道。設計典雅的咖啡廳裡，放著不太搭調的華麗搖滾樂。

「怎麼可能。」

藤代笑著，毫無顧忌的喝起咖啡。鮮豔的藏青色咖啡杯，店主告訴他，是丹麥製的古董。

「你記不記得以前有部電影，戲裡的黑貓會說人話，但和母貓相戀的那刻開始，便再也不會說話了。」

「記得啊，動畫電影嘛。」

「小時候看到時，我受到很大的打擊。」

「可是，生來就決定愛好總量的人，也許比愛好無限增加的人幸福。」

藤代帶著開玩笑的口氣說道。但小春好不容易才擠出「嗯——」的聲音，然後把相機對準藤代的咖啡。

自那時開始，只要藤代在喝咖啡，小春都會拍攝下來，宛如想要一雪心中之怨似的。由於小春執著的拍個不停，最後連藤代也放棄喝咖啡了，到了咖啡廳，藤代改喝檸檬茶，小春則喝奶茶。

兩人會互相對拍，各自去沖洗，再放進信封裡送給對方。

放在路邊的傘、淋濕的人孔蓋、象棋盤、低音提琴、相聲演員、小平交道等，藤代漫無目標的把自己喜愛的事物收藏在照片裡，交給小春，希望她也能愛上自己的喜好，哪怕只有一件也好。

「我想把自己認為美好的事物，給阿藤看。」小春說，「像是兩個迥異事物交集的瞬間。」

於是她不斷反覆的拍攝。橘色的雲飄浮在陰暗天空、深厚的人影落在耀眼的沙灘、無人的遊戲中心、又哭又笑的孩子、陽光射入雨中的交叉口，不論是人、物、時間、顏色或聲音，小春將「兩個迥異事物交集的瞬間」鎖進她淡色的世界中。

小春也經常拍藤代的臉，大部分時間，他都不知道什麼時候被拍下的。淡色的世界裡，藤代永遠在笑，每一張都是自己從未見過的笑臉。

藤代依然沒拍下任何一張正面的肖像照。不過，他卻拍了小春在自己身邊的睡臉。透過觀景窗，看著沉睡的小春，心頭便感到痛苦，這讓他領悟到自己對小春的濃烈感情。

藤代悄悄將這些照片沖洗出來，但是照片和他從觀景窗看到的完全不同，因此全都被收在書桌的抽屜裡，沒有給小春看。

天空陰霾暗淡，雨珠打濕了窗戶，快速列車通過一個個未停靠的小站。藤代凝視著不斷向後飛逝的大樓，時而交錯的電車，在灰色的城區畫出橘色的線。幾個背著書包的小學生站在車廂尾端，用手指在凝成霧氣的玻璃窗上畫著圓或四角。

「我們要離婚了。」

母親突然來電，平靜的告知夫妻的決定。

長期以來，父母一直在同一個屋簷下分居，彼此早已冷淡得連離婚都沒有必要。他以為兩人會就這麼長此以往的維持下去，離婚是突如其來、意外的結論。

父親是內科醫師，在東京郊外的小鎮開業，文質彬彬，長得很有人緣，當地人對他相當愛戴。然而，他對人卻無動於衷，似乎在哪個時間點，徹底對人絕望了。雖然會說必要的話，也會配合需求露出笑臉，但是從話語和笑容間感受不到愛。對家人也是一樣，藤代沒有父親撫摸自己的記憶，也沒有見過父母互相碰觸的樣子，只能認為父親對於與別人分享心情不感興趣。

回到老家，拉開玻璃拉門，以往燈火通明的家，現在只是間老舊又窄小的房子。老貓出來迎接藤代，母親也隨後從客廳走出來。藤代以為母親必定會心情低落，但她的臉上神清氣爽得令人驚訝，讓他想起黃昏雨後的晴朗，同時又像是拔掉了心裡的芥蒂。

在餐桌前相對坐下，喝著母親泡的紅茶，聽她娓娓道來。說離婚是自己的意思，她與父親長談了很久，在上週末交出了離婚協議書，但她感到很抱歉，沒和藤代商量就做了決定。

母親摘掉了無名指上的戒指，花紋桌巾上的玻璃盤裡，擺著藤代以前愛吃的巧克力糖。這是他小時候最為之著迷的糖果，肯定是為了今天特別準備的吧。但是，他連一點伸手去拿的心情都沒有。

藤代走進高中畢業前待過的房間，躺到小床上盯著天花板，他很想馬上睡著，卻極其清醒。

水星、金星、地球、火星、木星、土星、天王星、海王星、冥王星，天花板上貼著太陽系的海報。為了觀星而買的望遠鏡收到哪裡去了呢？陳列圖鑑和文庫小說的書架一角，擺著他和父母合影的小照片，那是小學時全家人一起去遊樂場拍的照片，照片中的父親笑容滿面的抓著紅氣球。

「別看他那個樣子，以前也是個深情款款的人。」母親注視著茶杯說道。「也許遇到太多人，漸漸搞不懂該怎麼樣把心意傳達給別人了吧。」

藤代點點頭，但心裡認為母親說的並不正確。他相信，父親原本就是個缺乏感情的人，是個天生無法愛人的人，只是有一段時間，他努力試著去愛人罷了。

領悟到這一點時，他感到毛骨悚然，不知何時開始，自己對別人也不再抱著期待。他並沒有刻意追隨，卻和父親一樣考進醫學系，在很多地方都走上與父親相似的路，也不擅長表達自己的想法。

難道不知何時自己也漸漸不能愛人了嗎？難道不久之後，自己連對別人付出感情都做不到了嗎？

「我沒辦法捨棄愛人和被愛的人生。」母親最後露出微笑。「畢竟，我的人生至少還有二十年。」

難得在外買醉，深夜才回家的父親，留下一句「抱歉」，便走進自己的臥房去了。

第二天早上，藤代回到租屋，卻看見小春站在門口。

晨光躲在雲裡的沉鬱天空下，小春坐在杳無人跡的水泥路旁，烏鴉與麻雀演奏著單調乏味的合鳴。

藤代已把事情向她交代過了。不用擔心，只是該發生的事，在理所當然的時間發生了而已。回來之後會打電話給妳，安心睡覺吧。

一見到藤代的臉，小春的眼睛濕了，她拿起相機，對著藤代按下快門。

「我祈禱以後再也不會看到阿藤悲傷的臉。」

「我只是累了。」

藤代揚起嘴角回答，但是沒法掩飾自己的心情，笑得不太自然。小春眼也不眨地緊盯著他。

「唉——這下子，我變得無家可歸了，年底該去哪裡過年呢？」

藤代喃喃自語，想要逃避小春的目光，但身體不自覺地搖晃了起來。小春突然抱著他。

「有我在呀。」

她在藤代耳邊嘶喊著。小春肩頭顫抖，宛如嘆息似的說：**我會永遠在你身邊。**

「你別比我先哭啊。」

藤代靜靜地笑了，但心中卻是滿滿的，曾經有人這麼用力擁抱過自己嗎？直率表達愛的小春總是拯救了他的靈魂。

戀愛和感冒很像。

感冒的病毒不知不覺間感染了身體，等你發覺時已經發燒了。但是過了一段時間，燒會慢慢消退，到了某一天，甚至會以為發燒只是一場夢，誰都難以避免這一天的到來。

那時，**小春說過：我會永遠和阿藤在一起。**她毫不質疑的一再強調。

但，就算是藤代與小春也無法倖免於那個真理。

✤ ✤ ✤

無袖伸出的手臂顯得白嫩而豐腴。

「姊姊終於也要結婚了。」

小純吃完芝麻葉沙拉，自言自語的說。她把烏黑的頭髮塞到耳後，露出耳垂上璀璨的鑽石耳環。

「明年四月的事，日子還遠得很。可是有很多事要忙呢。」

彌生把棍子麵包剝成小塊，麵包才剛烤好，還熱熱的。

「姊姊，別把結婚說得像是例行公事嘛。」

小純笑了，稚嫩的聲音，潤亮的嘴唇，表情就像小寶寶般瞬息萬變，深邃的雙眼皮下，淡褐色的眼瞳與大四歲的姊姊十分相似，但身材卻比姊姊豐滿白淨，雖然用絲光材質和寬鬆的剪裁遮掩了，還是隱藏不住胸前的波濤洶湧。

看著她的身影，藤代思索著，到底是平時的飲食習慣，還是天生的體格造就了這樣的結果呢？

梅雨暫歇的晴朗星期天，藤代與彌生去試吃婚宴的菜色。

餐廳窗外，被昨夜陣雨淋濕的新綠成了一大片水嫩鮮翠。陽台座位上兩名穿著西裝的黑人男子，與穿著華貴洋裝的年輕白人女子正在吃飯，他們似乎已經相當醉了，高亢的笑聲時而從窗外傳來。

試吃會最多可以四人參加，婚禮顧問說，通常準新人大多會邀請父母出席，但彌生卻提議邀請妹妹小純和妹夫松尾，因為藤代和彌生都不太喜歡和父母一起吃飯。

「場地雖然決定了，但其他的事都還沒有著落，我和藤代的時間完全喬不來。」

彌生喝著侍者剛倒好的白酒說道。

「誰教我們兩個人的生活都不規律啊，一切交給彌生決定就行了，我沒意見。」

藤代輕輕碰了一下端上來的盤子，菜剛剛熱過，溫度陣陣傳到手上來，侍者說是香煎比目魚。

「他逢人就這麼說，」彌生皺起臉來，「男人只要遇到不太懂的事，就只會丟下一句『交給你做主』，真氣人。表面上好像尊重你，其實只是想偷懶。」

「總比事事嘮叨好吧？」

「反正，結果怎麼樣，他根本不在乎。」

「我沒這個意思啦。」

藤代笑著轉頭看向隔壁的彌生。

「老是只會打哈哈。」

彌生歪著脖子嘀咕道。

仔細一瞧，她的瀏海比前一陣子短了，這麼說起來，她今天早上似乎問過：**我剪了瀏海，如何？**那時候自己是怎麼回答的呢？他記得那是淋浴完正在吹乾頭髮的時候，自己應該表達了某些感想吧，但印象很模糊。

「姊夫人多好，還願意跟妳一起決定，像松尾先生，什麼都沒意見、不堅持，準備婚事期間，我天天都在生氣。」

小純把刀切入比目魚，磨亮的銀刀輕盈地插入柔軟的魚身。

「雖然小純這麼說，可是我真的什麼也不懂，問我禮服啦，捧花啦，我又沒有那種眼光。」

大家喝著搭配菜色的白酒時，唯獨松尾一人喝啤酒。

在公立高中擔任數學老師的松尾，穿著陳舊的灰西裝，廉價的防皺白襯衫，配上不合時令的針織領帶。銀色細框眼鏡起了霧，藤代與他認識之後，就只看過這副眼鏡。

「剛才用來清除口中餘味的雪酪，你們怎麼看？」

彌生突然想起今天的目的問道。

「不是都差不多嗎？說起來，我從沒見過清除餘味的食物是好吃的。」

藤代不感興趣說道。話雖如此，菜單也不可能大幅變動。

「話說回來，用餐時有必要清除口中餘味嗎？」

「反正就像是一種儀式吧。」

「不過是薄荷冰沙，算什麼儀式？」

「姊，你還是一樣囉嗦。」

小純苦笑著。

「我對味道遲鈍，能放到嘴裡的都好吃。」

沒拿餐刀只用叉子吃比目魚的松尾接著說。

「松尾兄，高中生最近怎麼樣？」

藤代把話題轉向松尾，他注意到開始用餐之後，完全沒有與松尾相關的話題。

「很好呀，他們認真到用功過度的地步。這些學生都很了解自己，不管是自己的學習能力、外表、性格，或是自己在班級中的角色。」

「我的病人中也有高中生，他們對自己病情的掌握度，深刻得令人驚訝。自己讀高中的時候，總是腦袋空空的什麼也沒想。」

「不過，高中老師真的很辛苦呢。」小純再也忍耐不住地從旁打岔，「除了教課之外，還要忙活動和社團，而且薪水又低，我的兼職工作也不能辭。」

彌生跟他說過，小純在人力派遣公司上班之外，還兼了一個打工的工作。

「還不都是因為妳愛亂花錢。以前在家的時候，也是動不動就會買一堆東西。」

彌生責備道。

「才沒有呢，姊太不了解我了。」

小純笑道，白皙圓潤的頸項上，以白蝶貝仿幸運草造型的墜鍊也跟著晃動。

試吃會經過了兩個鐘頭，才終於來到甜點。

這組菜單從小巧的一人份開胃點心開始，陸續端出芝麻菜沙拉、蟹肉濃湯、香煎比目魚、短角牛牛排，全是不經意展現個性的法國菜。婚禮邀請的賓客，預計八十人，務必要能滿足大多數的客人。點心可從兩個種類中選擇，熔岩巧克力蛋糕或是水果塔。

「啊，我想吃那種，松尾先生，我們一人一半，交換吃。」

小純興奮地嚷嚷著。

「可是怎麼切呢？」

松尾不知所措地試著將自己盤裡的熔岩巧克力切開，裡面立刻流出濃厚的巧克力醬。

「怎麼這樣？融化了。」

松尾大驚失色地說著。

「這蛋糕本來就是這樣啊。」

小純笑咪咪地說著，一面伸出食指，刮去黏在松尾手上的巧克力醬，用舌頭舔掉，露出害羞的笑意，朝藤代瞥了一眼。

「舉止真像個小孩。」

彌生皺起眉頭說道。

「大姊說的是，真對不起。」

松尾一手拿叉一手拿刀的低頭道歉，隔壁的小純也依樣畫葫蘆。

藤代啜飲著杯裡剩下的紅酒，陽台上兩位黑人男子與白人女子不約而同地拍手大笑，神情舉止宛如在演舞台劇。

「說到這裡，」突然間，小純窺探著彌生的臉問：「姊，有打算要生孩子嗎？」

「幹嘛突然說這個？」

「不是啦，我想既然都要結婚了，不知姊有沒有在考慮。」

「還沒想到那麼遠。我才想問妳有沒有打算呢。」

彌生直視小純的眼睛，兩對淡褐色眼眸互相對望。

「姊，妳對我的生活根本不感興趣，還問什麼！」

小純的聲音在笑，但臉上卻沒有表情。

「可是，妳們結婚三年了，不是嗎？」

彌生淡漠地說道。

「妳很煩吔。三年還好吧，有什麼關係。」

小純面無表情的臉轉向藤代。

「彌生，現在沒必要說這些吧？這個熔岩巧克力蛋糕很好吃吔。我也可以吃一點水果塔嗎？」

「小純，妳不是從以前就說，很想快點有孩子嗎？」

彌生還是不放過這話題，她把水果塔切成兩半，盛在藤代的盤緣，繼續說。

「松尾先生現在的工作正是關鍵時期，而且，若是生活不能輕鬆點的話……」

沉默了半晌後，小純看著松尾的臉低聲道。在小純的眼色緊盯下，松尾也輕輕點頭。

侍者送上了咖啡，為整個場面重新洗牌。微苦的芳香飄盪在四人之間，陽台座位的白人女子發出高分貝的笑聲，宛如野生動物的嚎叫迴蕩開來。

藤代吃了一口水果塔，太甜了，他心想，點心部分也許必須再討論別的選項。他看向斜前方的小純，她的目光注視著松尾盤中流得到處都是的巧克力醬。

結婚三年，小純現在還用丈夫的姓稱呼他。

✤ ✤ ✤

吃完一輪下酒菜，接下來是握壽司。

「我酒量很差。」

嘴上雖然這麼說，但小純相當能喝，盛在玻璃酒壺的宮城日本酒，她已經喝了五杯。藤代的視野正在輕微地搖晃。

星期天的晚上，藤代與小純並肩坐在吧檯，身旁臉頰微紅的小純，用塗成淺粉紅色指甲的手抓起沾了醬油的紅肉壽司。

「真好吃。」

她閉上眼睛說道，彷彿品嚐時還不忘提醒自己。

藤代側眼看著她的身影，白色兩件式針織衫，讓胸形清晰可見，從短版的可可色喇叭裙可以看到穠纖合度的大腿，肌膚雪白得連青色的血管都脈絡分明。上次試吃會時的服裝，不太看得出身體的曲線，但今天明顯刻意被強調出來。纖細的左手小指上，鑲著一圈鑽石的戒指閃閃發亮，戴在無名指上的婚戒反倒顯得暗淡。銀色的腕錶是愛馬仕的，漆皮高跟鞋是克里斯提．魯布托（Christian Louboutin）的吧。

藤代想起松尾的模樣，陳舊的灰色西裝，搭配廉價的防皺白襯衫，從三年前就沒換過的銀色眼鏡，鏡片永遠都霧霧的。怎麼看都覺得這丈夫配不上她。

前幾天，小純說她不能辭去兼職的工作，生活沒有餘裕，所以不能生孩子。可是她的服裝、妝容、飾品，全都是高價品，而且看得出她收集這些高級品的標準，不是自己喜不喜歡，而是男人追求的眼光。

豔麗烏黑的長髮，今天整齊的束起來，白皙的頸項散發著微香，是茉莉的甜味。藤代招架不住，從身體深處感受到隱隱的渴望。

「小純好像有事想找你商量。」

試吃會當天晚上，藤代坐在沙發上看新聞時，彌生如此對他說。

「她好像有很多煩惱，像是夫妻關係什麼的，想和你單獨談談。在醫院裡，你也會接受這種諮詢吧。」

「當然不能說不行，只是真有必要跟我單獨談嗎？」

藤代沒想把彌生的話當成一回事，他對和小純單獨吃飯，本能的感到危險。電視上，主播正在報導美國國務卿騎單車發生事故，大腿骨折。

「可能我在旁邊，就無法敞開心胸地談吧，姊妹之間的關係有時相當敏感。別擔心，我不會介意的，你去請她吃點好吃的吧。」

彌生沒等藤代回答，逕自回到自己的臥室。

新聞來到下一條，主播報導著人工智慧的自我學習能力更加進步，甚至開始對程式工程師抱持憤怒的情緒。

「姊夫，你和姊姊會做愛嗎？」

小純冷不防的問道。

兩人幾乎沒有交談，只是埋頭吃著壽司，秋田的日本酒一再續杯，已經進入第八杯了。視野歪斜扭曲，所有的聲音傳進耳裡都慢了好幾秒，小純明明與他喝得一樣多，卻依然從容自若地繼續倒酒。店裡只剩藤代和小純兩人，老板也察覺到氣氛不對，躲到後面去了，可能這個吧檯經常發生男女談判的情況。

「還好吧，就跟一般人差不多。」

藤代喝了一口酒。

「真的嗎？」小純微笑，「這答案真沒意思。」接著把手從藤代腋下插入，握住他的手背。

她的手微微滲著汗，柔軟的胸部貼著藤代的上臂，某種野獸的氣息揉合在茉莉花的香味中，刺激著鼻孔。

「小純的狀況怎麼樣？」

「哪方面？」

小純露出促狹的笑意。

「呃，就是那方面。」

藤代為了配合她的期待，故意裝出困窘的樣子。

「我已經四年沒有做了。」

小純搖晃著盛滿雕花玻璃杯的透明液體。

「可是，你們不是三年前結婚的嗎？」

狀況比想像還要嚴重，藤代感到難以招架。

「我自己也沒有整理得很清楚，可以從頭說起嗎？」

「當然可以。」

「我是在大二時認識他的，那時我是教育系的學生，松尾先生是研究生，我們參加同一個講座，他是教授的助理。因為年紀相差十歲，所以最初的兩年只是點頭之交，但是，他好像先喜歡上我。後來，男友劈腿，我被狠狠地甩了，時常會去找松尾談心。他兜了好大一圈，旁敲側擊的告訴我，他對我有意思，所以我們才開始交往。但是床上的關係只維持了半年，結婚一年前就沒做了。」

「既然這樣，為什麼還要在一起呢？」

「因為聲音很好聽呀。他的聲音會讓人想永遠聽下去，和他在一起不會覺得累，而且他很重感情。」

「重感情？」

「雖然他不是工作能力強，或是才華出色的那種人，但是他很孝順父母，對朋友也和藹可親。和松尾先生交往半年左右，他的好友向他借了錢卻跑了，差不多有一百萬吧。身邊的朋友不是哭著同情他，就是氣得幫他打聽對方去向。可是松尾先生只是笑著說，那傢伙直到最後還是這麼愛耍人。我覺得他重感情的程度，簡直算是一門才藝了。也許是那個時候決定和他走一輩子。」

「但你們不上床。」

藤代不動聲色地把手從小純的手中抽出來，拿起酒杯把剩下的半杯酒喝完。

「嗯。」

小純空下來的手取來盛日本酒的玻璃酒壺，為藤代斟滿，雙眼皮下的淡褐色眼眸濕潤閃動著。酒溢出了杯子，流到檜木吧檯上。

藤代的心跳加速，耳中宛如籃球碰撞般發出巨響。手臂附近的酥胸觸感，甜蜜的野獸氣息，早已遺忘的感覺在下半身蔓延開來。

「在這種關係下步入結婚禮堂，你沒有抗拒感嗎？」

「我只是無意識的認為，兩個人要一輩子走下去，有些事情比收入或才華更重要。決定結婚的時候，他才剛開始在高中教書，兩袖清風，兩個人為了婚禮努力打工，拚命存錢……所以，結婚時真的很開心。婚禮最後他還準備了驚喜求婚呢，因為他從來沒有正式向我求過婚。婚禮上他說：『小純，請你嫁給我。』那是他第一次叫我的名字呢，交往的兩年，他都只稱呼我『坂本小姐』。所以我很開心啊，還忍不住哭了，松尾先生也跟著哭。當時覺得，我們真的好幸福喔。」

壽司店的吧檯依然是兩人獨占的空間，往檜木吧檯裡望去，可以看到靜謐整齊的工作區、並排的細竹筷、暗銀色的菜刀、擦亮的銅製茶壺。師傅們都在後面吧，但一點聲響也沒有。

小純被掙脫開的手再次覆上藤代的手背，細長白皙的手指纏住藤代的手指。

「那時候，我想起松尾先生第一次在我面前流淚的樣子。我們初次上床，當我坐到他身上時，松尾先生突然哭了起來，他說：『雖然才到一半，但是我從來沒有像這樣陶醉過。』他像個孩子似的，眼淚撲簌簌地掉下來，讓我又愛又憐，疼惜得心都痛了。我趴在他身上，把他緊緊抱住，心想，我一定要一直陪在他身邊才行。」

「既然那麼愛他，卻還是過著無性生活？」

「他是個很溫柔的人啊。從交往開始，我們就如同家人一般了，而且松尾先生本來就沒什麼性欲。我想，我終究沒把他當成一個男人，就連第一次做愛的時候也是。」

小純輕聲呢喃著，閉上眼睛。終於，對話出現了空白。

老板看準時機般走了出來，藤代要了杯熱茶，請他結帳。

「謝謝。」老板如同講完一個相聲長段子，鞠躬致謝。

計程車滑行般飛馳在高速公路上。

小純挽住藤代的手，將頭靠在他的肩上。兩人各自看著左右窗外廣闊的景色，看不見表情。他轉向小純，放在腿上的淡藍色披肩下，隱約可見到白嫩的大腿，剛才打直併攏的雙腿，現在張開了一個拳頭大。比起觸碰到柔軟的胸部，他的心跳得更快了。包覆下半身的疼痛，如同麻醉般繞行全身，攪混了冷靜的思緒。高速公路成排路燈的橘色燈光跳進計程車內，又立刻躍出，每次射入時，小純身邊可可色皮包上的金色環扣便會閃亮了一下。

「我必須向你說聲抱歉。」

小純看著窗外說道。

「為什麼？」

藤代反問，他的喉嚨乾澀，聲音也啞了。

「剛才我說四年都沒做過愛，是假的。」

「假的？」

「我和松尾先生的確沒再做了。」

小純抬起靠在肩頭的臉，挨近藤代的臉頰，淡褐色的眼眸直逼眼前，藤代不假思索地轉開視線。小純的身體貼近，膝蓋相觸。

「除了松尾先生之外，我另有炮友。最多的時候有五人，現在略減到三人。這些人只跟我上床，有的是長相是我的菜，有的是很有錢，也有稍微變態的人。我會看當時心情，選擇看對眼的，再慢慢輪換，大概三天做一次吧。其中有人每次見面都會給我五萬或十萬圓不等。其實我也不是非要錢不可，但也覺得不用拒絕。他們給我，我就拿，只要他們覺得開心就好。」

小純看著不發一語的藤代微微一笑，與他的手指交纏，藤代看到自己映在車窗上的臉，那影像和哭著做愛的松尾融合為一。

「對不起，我說了謊。不過，你也是半斤八兩。」

「半斤八兩？」

「姊夫不也說謊了嗎？」

「什麼？」

「你和我姊很久沒上床了吧。」

藤代被戳中要害，一時啞然無語。他很想立刻反駁：**沒這回事**，但發不出聲音來。

「啊，被我說中了嗎？」

小純喜孜孜地笑了。

藤代沒再用「都說了沒這回事」來辯解，只是報以一笑做為回答。算是精神科醫師的自尊心嗎？他想要保持冷靜，堅持到最後一秒。小純恐怕連這一點都看透了吧。

「你也可以跟我做喲。當然，我會守密，因為我也想做，這樣姊夫也不吃虧。」

小純濕潤的嘴唇靠近藤代的耳邊說道。

那耳語聽來如同魔咒，藤代逃離似的看向窗外。出現在摩天大樓間的東京鐵塔如黑影般聳立著，不若平常在燦爛燈光照映下，發出紅色光輝的模樣。熄滅所有的光，屹立在黑暗大樓間的鐵塔，如同徘徊在暗夜裡的巨大怪獸。

七月的布拉格

三個月了。

我從捷克的布拉格寄信給你。

這個城市的中央，有座從六百年前就啟動的時鐘。

我住在山坡上的一家小旅店，從那裡走下坡道，經過豎立聖人像的長橋，穿過迷宮般的街道，盡頭便是那座巨大的天文鐘。多重組合而成的文字盤，標示著現在的時間、從前的捷克時間，還有日出與日沒的時刻。一個時鐘裡複雜交錯著現在、過去和宇宙的樣貌，於是我開始天天去拍它。

在布拉格街道中心，第一次見到這座宛如有生命般改變面貌的天文鐘時，我無意識地按下快門。那時，還不清楚自己想拍什麼，但在拍攝的過程中，我神奇的抓住了自己的想法。

我想拍的不是時鐘，而是「時間」。

今天，我在捷克的鐘錶師父那裡待了一整天才回旅館。他是個在布拉格土生土長的三十二歲青年，而我是在天文鐘前遇到這個皮膚比我還白，有著碧綠眼珠的男人。

當我正用觀景窗凝視天文鐘的時候，他用英語問我，為什麼每天都拍著相同的照片？我愣住了，找不到適合的詞彙來解釋。他便侃侃地告訴我，他正在維修這座時鐘，自己的祖父和曾祖父也是鐘錶師傅，一直負責維修這座鐘。他說，從曾祖父那一代開始，大家都因此變成駝背和深度近視，然後羞澀的扶了扶他那嵌著厚鏡片的圓框眼鏡。

在他的邀請下，我和他走進了古老的木造建築。

他說，這是這城市中他最喜愛的地方。在這座扇形的圖書館裡，所有的牆面都是書本，我和他說好，各自去尋找彼此喜歡的書。最後，我找到專門拍地平線的日本攝影師作品集，而他則找到法國傳奇編舞家的自傳，然後我們交換閱讀。

晚上，我們在他小時候常去的義大利餐廳吃飯。走進紅屋頂的小巧館子裡，又圓又胖的老板笑容滿面的歡迎我們。喝著隔壁酒坊送來、剛製好的精釀啤酒，吃著用自家製的生火腿、新鮮番茄和水牛莫札瑞拉起司做的卡布里沙拉（Caprese Salad）。吃到一半，老板拿著紅酒瓶加入我們，最後吃光了整盤用橄欖油將番茄醬與蛤蜊絕妙調合的番茄蛤蜊麵。

「這間餐廳也和我家一樣，從這傢伙的曾祖父時代經營到現在。」鐘錶師喝醉之後話也多了起來。

「我和這傢伙都是第四代，而且還是小學同學呢。」我瞪大了眼睛，因為從外表上看來，我以為老板應該老很多。

他聽了大笑，對老板說：「你看，她也嚇到了，你該減減體重了吧。」老板聽他一說也跟著笑了，他搓了搓圓圓的肚子，感覺很自豪。

走出店外，在黃色街燈照亮下，走在發光的石板道上，沒來由的想起了阿藤。雖然聊天的對象，是和阿藤八竿子打不著的人。

說到和阿藤相識時的記憶，就會想到阿主總在玩電動的社辦，和顯影液刺鼻的窄小暗房。午餐吃的是學校食堂的狸貓蕎麥麵，一起睡在單人公寓。一切都不一樣了。

現在我懂了，愛一個人的感情，是剎那間的事。

那時候的我相信，愛情會永遠存在，真是太幼稚太單純了。但是那時候我卻活得比現在強大了數百倍。

我想知道愛人的全部。那個人現在在哪裡做些什麼？讀什麼樣的書？吃些什麼？穿著什麼樣的衣服？他的一切，我都想知道。

我愛著他，也被愛著，我殷切的想要確認這一點。

那時一心一意的念頭，現在彷彿仍然會將我吞沒。

與阿藤分手，是突如其來的。

我無法忘記，九年前的那一天。從那一天開始，我就一直在思考……為什麼我們會分手？

阿藤還記得嗎？攝影社舉辦的小旅行，大家住在海邊的破爛小旅館，一起拍海的夏天。那時我和你剛交往一個月。

我們沒讓所有社員知道，對吧。總覺得害羞，所以進社辦時會刻意錯開時間，離開時也分別出去。在大家面前一起出現的話，就會突然變得安靜，阿藤常常嘲笑我，這樣反而更奇怪吧。

濃烈的思念讓我好想大聲吶喊，我喜歡他！然而，我不敢跟任何人說。因為我不想把兩人的特別時間分給任何一個人，希望當下感受到的幸福，只屬於我們。

然而，祕密藏不了太久。

當遊覽車駛過山路的剎那，我忍不住興奮的大喊：「阿藤，是海吔！」眼前遼闊的湛藍色海洋讓我忘了自己。

一個新生突然直呼學長的名字，令所有人吃驚並轉向我。其中有幾個人原本就在懷疑了，現在露出終於逮到證據的表情暗自竊笑。連遲鈍的賓得士都逼問：「你們倆有點奇怪哦。」最後是大島哥替大家問出了心底的疑問：「藤代和小春是不是在交往？」我和你低著頭，想蒙混過去。一直沉默坐在一旁的阿主，深深地點了點頭，彷彿在說：我很早以前就注意到了。於是我們只好承認了。

遊覽車裡一片譁然，簡直成了廟會。什麼時候開始交往的？第一次約會在哪裡？喜歡對方哪一點？接吻了沒有？問題一個接一個的丟向我們。我和阿藤有的回答，有的假裝沒聽見，然後相視而笑。大家歡笑著，鬧得不可開交。

那時候，大島哥一臉歡喜的注視著我們，喝著最愛的汽水，唱著自己亂編的歌祝福我們。那是我第一次看到大島哥帶相機的樣子——徠卡手動式相機。稍微下垂的左肩背著皮製背帶，他掛著相機的模樣，簡直像是外國來的攝影家。記得嗎？他會挨到身邊嚇人一跳，然後拍大家驚嚇的臉。後來看到洗出來的照片，焦距和曝光都調得亂七八糟，但大家的笑容真的棒極了。

胡亂嘻鬧一番之後，全員漸漸安靜下來，車子裡不時聽得見鼾聲。遊覽車沿著海邊一路前行，旅館位於半島的尖端，似乎還要花些時間才能到達。

太陽西斜，光線反射在海面上，熠熠生輝。眾人安睡的巴士裡，我和阿藤並肩坐在最後座，凝視著發出金黃光輝的大海。

記得嗎？那時候的你悄悄握住了我的手。我記得很清楚，阿藤的手又暖又熱，還微微的顫抖，我的手也因為緊張和喜悅而發抖。

那天晚上，我就像去遠足的國中生般睡不著覺，獨自溜出旅館，到海邊散步。夜裡的海漆黑如流動的墨汁，海浪發出比白日更狂烈的聲響，衝上沙灘來。

海浪聲的間隔中，我聽到微弱的歌聲，朝著歌聲走去，只見大島哥一個人坐在沙灘上，彈著烏克麗麗，看著海。我靜靜地在他身旁坐下，他唱的是一首旋律溫柔的英文歌，聽著那首歌，彷彿狂烈的海浪聲也在不知不覺間變得平靜下來。

唱完之後，我問大島哥這首歌的名字。「四月，她將到來。」大島哥說，「賽門和葛芬科的歌。」

我愛上四月到來的她，但是她的心卻漸漸遠去，不久後便過世了，但是，我卻沒忘記當時的心情。

大島哥說，他想了解我的故鄉，他說：「希望小春能告訴我，小時候喜歡什麼樣的東西？」

老家隔壁的老相館、兀立在空地的蘋果樹、車站前麵包店的紅豆麵包、遠處覆蓋著白雪的大山。我回想著一件件從青森出生到現在自己愛上的東西，一面說給大島哥聽。說出來的同時，才意識到每一件東西都像阿藤一樣，柔軟又溫暖。

我一直有種感覺，大島哥總是能看穿我的心思。連我自己都沒有察覺到的心底真實想法，他都知道，然後若無其事的指出來。

平時他只要晃到社辦來，就會成為話題的中心，但不知從何時開始，已見不到他了。他總是傾聽我們說話，卻從來不談自己。

「我很想多了解大島哥，為什麼老是與我們混在一起呢？」當我提出這個問題時，大島哥先聲明，他不太擅長談自己，接著便娓娓道來。

他提起大學畢業之後，在大出版社的文化雜誌從事編輯工作，但五年前冬天的某個早晨，他突然爬不起來，也沒辦法去上班。

「從那天開始，我就只能靠自己過活了。」大島笑著說。

他靠著一年的積蓄省吃儉用，天天來回於便利超商和家裡，最後被經常光顧的舊書店收留，便在那裡工作，並與從大三時交往的女銀行員結婚，這樣又過了三年。

「只要能拋棄一切，時間就會來配合我。」

最後說出這句經典名言後，大島彈起烏克麗麗，又唱起歌來。他酩酊大醉，歌聲實在算不上好聽；不過，坐在他身邊聽著聽著，我竟有了想哭的衝動。

「怎麼了？一臉快哭的樣子。」大島問。

「有些不安。」我答道。

「沒有一樣東西是這世界不需要的，就算是路旁的石頭、夜空閃耀的星星都一樣。」

大島說，這是義大利老電影的台詞，走鋼索的特技演員對孤獨的詐騙少女所說的話。我默默地點點頭，大島哥再次唱起了歌。

眼前的大海依舊漆黑，但是那一夜，海浪聲聽起來卻顯得無比溫柔。

信寫得很長了，在此擱筆。

信內附上時鐘的照片。

有著現在時間、昔日捷克時間，兩種時間重疊的照片。

伊予田春

✤
✤
✤

藤代走在磚造老建築的狹巷間，雖然還是清晨時刻，但空氣又熱又濕，夾克內的白襯衫背部已經被汗水浸濕。走過大學校園，穿過一座小森林，便能看到醫院。從宏偉大門旁的員工入口進去後，眼前並立著剛改建完成的嶄新外科病房和內科病房。未到營業時間的大樓內，一個人影也沒有，地板在螢光燈的照射下亮晃晃的，嵌在天花板內的冷氣發出轟然鳴聲，努力吐出冷風。病房內冷氣太強，背上的汗瞬時收了回去，令他一陣顫抖。

永遠都冷過頭。他在心中嘀咕著，快步往前走，擦得晶亮的地板只聽得到皮鞋叩在地上的高亢聲響。兩名穿著白袍的中年男人，從對面向他走來，是內科醫生吧。最近他們總是比其他科的醫師早到，大概是最近剛接任的醫局長立下的方針。
一會兒穿過白色樓層後，裡面深處有棟未改建的古老病棟，入口掛著「精神科」的招牌。從藤代大學畢業，在附屬醫院開始上班到現在，只有這棟樓沒有改建，維持磚牆建築時代的風味。
用安全卡感應後開了門，在更衣室脫下藏青色外套，披上燙得筆挺的白袍，走進隔壁的診療室，簡單的鐵板辦公桌上，放著桌上型電腦，四支同款黑色原子筆並列排好，牆上沒有海報或畫，只掛了單色調的簡單月曆。
沒有多餘裝飾的素簡房間，新進醫師奈奈坐在那裡整理已預約的病歷表。藤代比其他醫師都早來，但是她更早進醫院。
「早安，上午的病歷我已經都看過了，放在這裡。」
奈奈的視線只比藤代低一點，手腳修長，鵝蛋型的臉非常小巧。她一年到頭都不化妝，可能因為這個緣故，皮膚如陶器般白皙光滑。背脊挺直的姿態，宛若芭蕾舞者。聽她同屆的醫師說，念醫學院的時候，經常在街頭被拉去當模特兒。

「早，今天也多關照。」

藤代瀏覽著病歷表說道。今天也是一樣，從上午開始就有訴求心臟不適的病人在排隊。

「今天桑原先生會來。」

「這次又會說出什麼話呢……」

「如果按時服藥的話，應該會很穩定才對。」

他用低沉通透的聲音這麼說，奈奈臉上露出些微緊張的表情。

＊注：邊緣性人格障礙（Borderline Personality Disorder，縮寫：BPD），患者會出現長期的不正常行為，例如：不穩定人際關係，不穩定自我認知及不穩定情緒。

二十初頭的桑原先生罹患邊緣性人格障礙*，從一年前開始來求診，外表看起來像個正常的好青年，但不論在家庭或是學校，經常過於情緒化，人際關係也不穩定，因而斷斷續續的來精神科就診。可是，他時常不問緣由的否定醫師，總是宣稱「那些傢伙只會把我當傻瓜」，不聽醫囑，因而到處轉院。

幾年前，這位仁兄終於接受城鄉醫院的診治，一位剛從護理學校畢業的新進護士改變了他。這位護士的第一位病人就是桑原，所以她盡力的照顧，耐著性子傾聽他支離破碎的話語，桑原被她的盡心盡力打動，漸漸願意接受治療，只要她在現場，也能安靜的聽從醫師指示。

然而半年後，這名護士卻因為憂鬱症辭去了醫院的工作。向同事打聽原因，「忍受不了護理長的暗地造謠，在我面前總是一再讚美，卻在背後罵我動作太慢、腦筋笨、動不動就得意忘形。我再也沒辦法相信護理長了。」她哭訴道。

護理長聞訊大受打擊，因為她從來沒有在背後說過護士的壞話，不僅如此，護理長還因為這位護士工作熱心，而對她疼愛有加。進一步再向醫師們詢問，據說，那位年輕護士反倒常在背後說醫師和護理長的壞話。

真相未能大白下，護士離開了醫院，但幾個月後卻意外發現了真正的原因。

原來始作俑者竟然是桑原。他向這位特別照顧自己的護士灌輸「護理長說妳動作太慢，讓她很困擾。」「她抱怨妳沒注意到自己太笨。」等認知。每次回診時，桑原都會叫她過來，說些微不足道的瑣事，互相笑笑之後，刻意壓低聲音，佯裝擔心的樣子，把這些事實告訴她，他不忘補上一句，「老實說我也嚇一跳呢。」

另一方面，他也向醫師或護士挑撥：「那女人在說同事的壞話。」就這樣，桑原的造謠，讓醫院的人際關係破壞殆盡。因此，他被趕出那家醫院，送到藤代這裡來。

「上次桑原先生跟我說：『你是不是喜歡我啊？』」藤代看著病歷，露出苦笑。「『醫師，你也許沒有意識到，不過，你看我的眼光不太一樣喔。』」

「他也跟我說過，」奈奈並沒有跟著苦笑，而是事不關己的說：「『藤代醫生為了想出怎麼引誘我，很煩惱的樣子，他抱怨說找不到機會呢。』」

「他真是改不掉老毛病，不過也不是壞事。他說謊，表示他喜歡這個人。我和妳都讓他喜歡了。」

「控制他喜歡的人，會得到快感吧。」

「不過，他上星期說，感覺病況有好轉，所以就停藥了。我希望他別再這樣自己判斷何時吃藥或不吃藥，不吃藥比說謊更令人頭痛。」

藤代把頭歪向左邊，揉揉自己的肩膀。

「藤代醫師，很累吧。」

奈奈觀望著藤代的臉說。

「會嗎？」

藤代做了個鬼臉，自從和小純見面之後，每天都睡得很淺。

「是的，很明顯。」

奈奈凝視著藤代的眼睛，慢條斯理地回答。她的話沒有矯飾，只是陳述事實。修剪得極短的頭髮配合她的聲音，使她的理性氛圍更為凸顯。

「很明顯嗎？」

藤代再次苦笑。

很多資深醫師擔心奈奈的行事作風太過冷靜，會給病人冰冷的印象。要不要把頭髮留長一點，再上點妝呢？也接過這種近乎性騷擾的建議，可是她完全當作耳邊風。

「不是啦，最近朋友找我做了古怪的諮商。」

「什麼樣的諮商呢？」

「跟女人有關。」

「原來如此。」

「當了精神科醫師，常會遇到這種事。」

「對呀，朋友常會找我談心，把我和心理諮商師或算命師混為一談。」

「不過，這個案子滿有意思的。」

「願聞其詳。」

奈奈打開Moleskin筆記本，左手拿起筆，在藤代對面的椅子上坐下。她的目光清澈，炯炯有神，隨時保持冷靜，看不出絲毫感情的她，只有在接觸人性缺陷的時候，才會露出生動的表情。

每次看到她這副模樣，藤代都覺得，精神科醫師這個職業，對她而言可以算是天職。事實上，她也是新進醫師中最出類拔萃的一位。

「應該是酣醉時發生的事。」

藤代以這句做為開場後開始娓娓道來：「那位男性友人不久之後就要結婚，未婚妻的妹妹找他商量丈夫的問題，所以兩人一起去吃飯。那時，她坦誠自己與丈夫四年間都沒有行房了。邊喝邊聊之間，才知道那位妹妹不但有三名砲友，還打算誘惑這位準姊夫。後來上了計程車，我那友人幾乎就快要越過紅線時，未婚妻彷彿看穿一切似的打電話過來，讓他踩了煞車。」

「他們去吃了非常高檔的壽司，但是到底吃了什麼，是什麼味道，他竟然想不起來了。朋友說，原來性欲能奪走所有的味覺。」

藤代笑道。

「就我聽到這裡為止，沒有什麼值得煩惱的問題呀。」

奈奈看了一眼右手上的手錶，藤代也跟著瞥了一眼電腦畫面右上角顯示的時刻，距離看診時間還有十五分鐘。

「這件事還有後續。」

「抱歉，請繼續說。」

「用計程車把準小姨子送到家門口，自己一個人回家的路上，他不禁想，那時候如果未婚妻沒有打電話來，自己會怎麼做？如果跟準小姨子上了床，和未婚妻的關係會因而改變嗎？因為，他自己和未婚妻也處於無性生活兩年了。」

「呼——」奈奈輕聲嘆了一口氣，在筆記上註記「四年」和「兩年」，並且各別畫上圈圈。

「相當複雜奇怪吧？」

藤代注視著畫圈的筆尖追問感想，他好奇奈奈會有什麼樣的反應。

「只是聽來的話，很難做出判斷。不過，話說回來，他們為什麼想結婚？不管是你那位朋友，還是他的小姨子，暫且把倫理上的觀念撇在一邊，但只要沒有結婚這層關係，所有的事都不是問題。」

「你說的也許沒錯。只是，那位小姨子引誘我朋友，目的並不是為了上床，她應該真的是想找他商量。」

「可是，從一半開始就轉到上床了啊。」

「或許吧。」

「無法知道那位小姨子雖然生活得自由放浪，卻堅持婚姻關係的理由嗎？」

「但是我想，就是因為她那麼堅持，才會在外面與別人上床，那可能是她找到平衡的方式吧。」

「不只是他們，我認為幾乎所有人都對婚姻或是性愛期待太高。他們可能誤解，以為這兩件事能給自己帶來幸福。」

「嗯，有道理。」

「另外，我補充一點，雖然我對那位小姨子並不認同，但也不是不能理解。」奈奈放下原子筆和筆記簿繼續說：「許多人都把墜入情網和做愛，與愛情混淆了。其實那只是一時激情的狀態，但他們卻把它當成愛情濃烈的證據。」

藤代望著面無表情發表高見的奈奈，暗暗感嘆著。即使如此並未折損她的美麗，許多男人會因為她的容貌而多看兩眼，卻不敢越雷池一步。她身上帶著一種拒絕異性的氣質，成為了關鍵性的因素。

「但是，在我們的社會中，男女相戀、做愛，就會走向最終目標——結婚。若是否定這種慣例，大家都會無所適從。」

「我很討厭只要掛上愛情的標籤就能為所欲為這種想法，好像只要兩人相愛，就是無條件的完美無暇。我反而認為愛情是更醜陋、孤獨的東西呢。」

「我已經四年以上沒有交往的對象，與異性也沒有任何關係。」詢問奈奈有沒有男友時，她滿不在乎的這麼回答。「既沒有興趣也沒有不捨。」

在大多抱持理性主義的精神科醫師當中，奈奈的特異十分突出，不少同事都把她視為怪人。

「從心底愛著某個人，也只是一瞬間的感覺。」

藤代凝視著手心，右手還感覺得到小春顫抖的小手，他忘了那時候自己的手也在發抖。

「人們認為那一瞬間應該會永恆存在，其實只是幻想罷了。然而，大家卻把男女相遇、墜入情網、一輩子相愛相守視為命運的主使，這簡直太荒謬了。不論與誰戀愛，都會走上同一個結果，所以結婚之後的無性生活，我覺得也是必然的。」

「別說那麼絕情的話嘛。」

藤代苦笑著，握緊凝視的右手，手心的感受漸漸遠去。

「這不是絕情或其他，而是現實。不如說，這麼想才能夠積極向前。看看周圍的人，幾乎也沒有人在談戀愛啊。像我這樣，不把愛情當成人生大事的人，應該也不在少數。」

奈奈再次看了一眼手錶，繼續說。

「大家對別人創造的價值觀都太敏感了。是誰決定做為一個人就必須戀愛和做愛呢？雜誌或電視嗎？我覺得男女相處一定要戀愛的時代已經結束了。」

奈奈說完的同時，醫院內播放告知看診開始的廣播。

「好吧，今天也懷著絕望繼續努力吧。」

藤代注視著奈奈的眼睛說道。

「是的，讓我們無止境的向前吧。」

她露出今天的第一個笑容。

耶穌基督仰天而立，巨大十字架背後展開的彩繪玻璃中，耶穌在半空中的天使們圍繞下虔心祈禱。左牆嵌著管風琴，數支銀色的管子朝著屋頂伸展，焦褐色的木椅並排著，彩繪玻璃射入的七彩光線映照在大理石地板上，鋪著寶藍色地毯的位置，顯示那裡是處女之路。

「藤代先生，坂本小姐，我們教堂的彩繪玻璃是德國的教堂直接轉送的。」

婚禮顧問的聲音在無人的空間裡迴響，教堂裡隱隱播放著海頓的鋼琴奏鳴曲。

「管風琴也是歷史悠久，從英國海運寄來的。」

兩人剛好都休診的星期二中午，藤代和彌生來到飯店旁的小教堂參觀。

藤代無論如何都無法想像，在現實中，自己九個月後穿著燕尾服走進這裡的樣子。

身旁的彌生正在仔細盤問新郎新娘當天的流程細節，從哪裡進入、走到什麼位置、面對什麼方向，要說些什麼等，那個架勢宛如正在確認舞台走位的女明星。

她可以想像自己穿著婚紗，走在這條寶藍色步道的樣子嗎？當那天來臨時，她也能像許多新娘一樣，流下幸福的淚水嗎？

「這裡一天會舉行多少場婚禮呢？」

無意識聽見的聲音突然傳進耳裡，彌生正在詢問婚禮顧問。

「若以藤代先生預約的日子來說，上午、下午和晚上，所有的會場都已有預定了。但是，我們排的時程向來比較寬鬆，所以不會和別人撞期。」

一定有很多人問過這個問題吧。婚禮顧問滿臉笑容，好像在提醒：

你們是受到特別祝福的一對。她說完「請兩位慢慢參觀」後便步出教堂。

「四個喜宴會場，上午、下午和晚上三場婚禮。」

彌生壓低聲音說。

「一天就要辦一打婚禮呢。」

她的聲音迴響在挑高的屋頂。

「真的是生產線作業呢。」

「很正常啊。為了一天辦完多場婚禮，才會準備那麼多間會場嘛。和葬禮一樣。」

「別那麼說嘛。」

「但是，你不覺得很諷刺嗎？幾十個、幾百個人為了自己集聚一堂的機會，只有婚禮和葬禮而已。可是，這兩個人生最大的場面，卻是靠生產線作業在進行。」

彌生摸著管風琴的琴鍵說著，琴鍵發出乾澀的卡嗒卡嗒聲。

「唉，反正就是那麼回事。」

藤代附和著，並想起去年冬天參加的堂哥葬禮。

堂哥年紀輕輕就得了大腸癌，四十二歲過世。在火葬場上，他的妻子和讀國中的女兒、讀小學的兒子趴在棺材上哭泣。

童年常往來的堂哥，在藤代大學畢業後便逐漸疏遠，不知不覺成了遠親。告別式上聽祖母說，他成了連鎖餐廳的營業員，從早到晚忙著工作，就算是過勞死也不足為奇。

從東京搭一個半鐘頭的電車，來到位於橫須賀郊外的殯儀館，眼前是一片廣闊的菜園。葬儀社的工作人員熟練的把棺材從告別式會場抬到火葬場，再帶領家屬過去。那天，會場總共排了八場告別式，他們前面和後面的時段都排滿了。死了之後還要被塞進羅列的日程中，被催趕著燒成灰。藤代的心情與其說是悲傷，還有更多的空虛。

棺材被放在鐵製的軌道上，遺體火化的時刻到來，太太和孩子們開始嗚咽。從守靈便不停的哭泣，想必眼淚都哭乾了，但即使在這種狀態下，淚水還是溢流不止。原本默默在旁守護的親屬看著他們，也跟著哭了起來，傷痛的氣氛在火葬場蔓延開來。

這時，一個約莫六十歲的老人跑了進來，是親戚中排行最小的叔父。孑然一身、好幾年音訊全無的叔父，昨天突然出現在靈前。親戚們大吃一驚，不知道他是從哪裡得到消息的。上完香後，他只顧著喝酒，拉著親友大聲談笑。

大概是昨晚喝太多了，叔父在迷茫的狀態下，直接在飯店浴袍外面套了喪服西裝就飛奔出來。沒搞清楚狀況，慌慌張張地點了香，結果香灰掉到腳背，忍不住喊燙，原來腳上穿的是拖鞋。

「啊，我來遲了，對不起對不起。」大阪出生的叔父一再低頭上香，對著遺體合十說：「原諒我啊，到了那邊別恨我喔。那麼，一路好走。」這時，原本一直哭泣的太太和孩子們噗哧笑了出來。「太好了，孩子的爸，叔叔來了，雖然穿著浴袍，但還是趕到了。真是太好了。」然後擦去眼淚。在轟然燃燒的烈焰中，棺材被推了進去。

「居然有這麼不可思議的事啊！」火化遺體的過程中，親屬們在休息室喝著啤酒，感慨萬千地說道。「但是，還好，多虧了那傢伙，我們可以開開心心地把他送走了。」「唉，那個傢伙總算也立了點功勞。」他們聊著自己體驗過的特別遭遇，漸漸加深了醉意。

附合著親友的談話，藤代茫然地看著入口掛的看板——石井先生、山上先生、長谷川先生、竹內先生。四人的遺體都預定在接下來的時間火化。藤代想，今天這個淒涼的火葬場，接下來還要上演四次「悲劇舞台」，那些肯定也會成為家屬的「特別事件」吧。

「婚禮一轉眼就結束，儀式結束後，馬上就走進日常了。」

一回神，身後的彌生正要拉開教堂的大門。

「這本來就是為開始新生活的必要儀式啊，也是藉著在眾人面前說出愛的誓言，產生責任感。」

「的確。但即使說了愛，也會馬上變成親情吧。」

彌生責問似的看著藤代。

「也許這就是成為家人的意思吧。」

藤代盡可能不帶任何含意，給了她一個微笑。

「我不想做那種切割。」

「我也是啊。」

「你真的這麼想？」

「嗯，加油吧。」

彌生點點頭，兩手使勁推門。兩扇大門霎時敞開，七月的明亮陽光躍進藤代的眼睛，眩目到令他不覺瞇起眼睛。

「那天，小純看起來很幸福，穿著婚紗走在紅毯上時，她哭了。」

「有點不太能想像。」

「是嗎？小純就是這樣的女孩啊。」

眼睛終於習慣了明亮，彌生站在光裡，聽得見大馬路上車輛暢旺通行的聲音。

「對了，上次的心理輔導怎麼樣了？」

看著從遠處小跑步過來迎接兩人的婚禮顧問，彌生問道。

「什麼怎麼樣？」

藤代與彌生看著同方向反問。

「就是上次你和小純見面時的過程啊，我還沒聽你說起呢。」

「哦，沒事，反正只是先聽她說而已。還有——」

他認為不該把小純誘惑他的事說出來。

「那位小姐的性格，跟我很不像吧。」

「大概是吧。」

藤代望著彌生形狀姣好的後腦杓思索著，自己到底是被她的哪一點吸引呢？經過了這麼多時日，他越來越摸不透彌生的性格了。

猛然間，感覺背後有雙眼睛在看著他，藤代轉過身，教堂裡的耶穌基督依然仰天而立。

八月的謊言

紅格子桌巾上，擺著一排生蠔。

「這是長崎來的，這邊是澳洲產，那邊是石川，旁邊的則是紐西蘭吧。」

小純用甜膩沙啞的聲音說道。她指著鋪在碎冰上，張著大口的各種大小生蠔，開心地微笑起來，細白的手指尖閃著粉紅色光澤，指末鑲著一層白邊。

「姊夫，你想從哪一盤開始吃？」

細長玻璃杯倒滿了金黃色液體，細微的泡沫呈螺旋狀上升。黃色標籤的香檳已經空了一半，視野也開始朦朧，舉起酒杯一口乾盡。酒中帶有蜂蜜的香味。

——很抱歉上次失禮了，醉到意識不清，給你添了麻煩。

上星期收到的郵件，內容十分客氣，與壽司店裡的她判若兩人。

——彼此彼此，我也失禮了。

——我想再好好深談一次，這次可以來我家嗎？

當藤代一回信，小純立刻回道，正當藤代不知如何回答時，又來了新郵件。

——你不用擔心，向姊夫心理諮商一事，我已經向松尾先生報備了，他很識時務的說，今天會晚歸。

小純的家位於東京西郊的衛星都市，雖然在郊外，但一座大型購物商場就坐落在車站樓上，需要的用品全都能就近購得。

斜陽籠罩下的巨大車站裡，明顯多是年輕夫妻，小孩子四處奔跑，彷彿用盡全身力氣在享受暑假。迴響在挑高車站大樓裡的笑聲，孩子們手上紅、白、粉紅的汽球在飄動。

小純站在剪票口等他，梳理整齊的秀髮嬌豔的搖曳著。披肩從肩膀垂下，遮去了上半身，迷你裙中伸出的粉腿看起來緊實有彈性，高跟涼鞋的白色漆皮好似綁縛著小腳，腳趾也塗上白色的指甲油。那白色在雜亂的車站大樓內尤其突顯出女人味，連帶著孩子的男人都品評似的朝她打量一番，才從旁通過。

在小純的引領下，他們從車站走出去，高跟鞋的叩叩鞋音，在耳邊響著。山坡上可見一片褐色的公寓社區，十幾棟樓圍著偌大的森林公園林立。

走進最裡面的一棟，搭上電梯，三樓、五樓、七樓，最後來到最高層的九樓。一進去是小巧整潔的系統廚房，隔壁是餐廳，盡頭看得到擺置了白色家具的客廳，是標準的家庭式公寓。她住在為了結婚、生子、生活而設計的樣品屋。

後來的記憶都遺落不見了。一回神，自己不知喝了幾杯香檳，醉得神智迷糊，而眼前放著生蠔。

「今天想和姊夫一起吃這個，松尾先生怕吃生蠔，所以我一直忍耐著。」小純說道。「快說嘛姊夫，你想吃哪一種？」

在小純的催促下，他拿了一顆澳洲產的圓形生蠔，放在嘴邊吸一口吞下，咀嚼了兩三次，微微的腥味撲上鼻頭，甜味隨著黏稠的口感在舌尖上擴散開來。

「哇，爽快！」

小純開心地笑了，也吸了一口硬殼裡的石川產生蠔。

她也相當醉了吧。生蠔的汁液從嘴邊滴落下來，沾濕了胸口。白色薄衫被豐滿的胸部推擠上來，大大的隆起，黑白條紋的緊身迷你裙，柔軟伸縮的材質使腰線看起來更加鮮明。淡粉色的大腿慵懶地微開，渴求般的蠢動著。

「姊夫，好吃吧。」

一回神，自己吸食了一個又一個生蠔，濃稠柔軟的蠔肉滑入嘴裡，黏著的甜味，因咀嚼而在舌尖上擴散開來。雙手沾滿了生蠔的黏液，嘴巴四周滿是口水和汁液。倏地，一團滑溜濕暖的物體包住了指尖，轉頭一看，小純正舔舐著藤代的食指。

「手指也好吃。」

別這樣。他想發出聲音，但嘴巴只能無聲的開合，彷彿自己被丟進真空世界裡。

小純用手指將生蠔肉摘下捏起，再放進藤代的嘴裡。他的視野衝高似的發亮，察覺時，發現自己正拚命舔著留在粉紅纖指上的汁液。彼此互相凝視，舔吮著彼此的手指，下半身猶如針扎般近乎麻痺。

突然，小純拔出手指，將紅唇探了過來，溫潤的舌在口中肆虐，兩舌緊緊地糾纏。下一秒，兩人一起倒在床上，花朵般的亞麻布香氣撲鼻而來。

不行。他翻過身想要坐起，她丈夫會回家，到時候就完蛋了。生活的氣息喚出藤代微小的理性，想要試著掙扎欲望。

「別擔心，」小純的聲音安撫地在耳邊響起，「松尾先生今天不會回家。」隨即脫掉針織衫，拉下裙子的拉鏈，露出白色蕾絲包裹的、白嫩豐腴的身體。

小純將藤代的襯衫鈕扣一個個解開後，把嘴貼在胸口上舔舐了起來，他忍不住發出呻吟。

「姊夫好像很舒服。」

小純歡喜地笑了。

不行，別再下去了。他幾次想制止，卻發不出聲音。火熱的舌蠱惑地在身上滑動，腦中編織的話語化為一片白，只能不住地喘息。

「姊夫，你真可愛。」

小純拉起他的手，緩緩的引領它到自己的下腹部，和生蠔一樣柔軟黏滑的感覺不斷在指尖上擴散開來。

掙扎扭動的身體突然驚呼一聲，藤代清醒過來了。

他做夢了……

T恤的領口四周，全被汗水浸濕。他一語不發地從床上起來，四處張望了一下，擔心是否吵醒睡在隔壁房間的彌生。

臥室裡孤獨般的悄靜，牆上掛的伊姆斯*時鐘如常的指著時間，四點半，窗外還很明亮。傍晚了嗎？而且今天是星期天。藤代整理著混亂的思緒。彌生一大早就出門去參加獸醫學妹的結婚典禮；枕邊放著讀到一半的口袋書，是保羅・奧斯特*的《鬼（Ghosts）》。

想起來了。吃完午飯，接著在床上看書，不知不覺睡著了。屢試不爽，午睡總是帶來惡夢。

走出臥室，沖了個熱水澡。但閉上眼睛，紅格子桌布和生蠔，猶如按下閃光燈般，從陰影中浮現出來。

擦拭著頭髮，幫伍迪・艾倫倒了貓用牛奶，從冷凍庫中取出藍瓶（Blue Bottle）咖啡豆磨好，用凱美克斯（Chemex）的手沖咖啡濾壺沖泡。

以養成慣例的行為平靜自己的心情，藉由微苦的香氣，緩緩地將自

---

*注：伊姆斯（CharlesEames），是美國最傑出、最有影響力的家具與室內設計兩位大師，他們改變了二十世紀坐的方式。

*注：保羅・奧斯特（Paul Auster），是美籍猶太人小説家、詩人、翻譯家也是電影編劇和導演。作品最常討論人生的無常，被文壇譽為「穿膠鞋的卡夫卡」。

己帶回現實的世界。

打開電視，正在播出傍晚新聞。約翰尼斯堡近郊的洞穴內，發現了十五具新人種化石，這個人種被命名為「納萊迪人（Homo Neledi）」，它將成為連接人類與直立步行靈長類的中介者。主播說話的口氣平穩，不像夜間新聞那麼誇張。

納萊迪人的世界也會結婚嗎？他一邊喝著咖啡，一邊茫然思索著這種問題時，一封郵件傳來。

——十九點，代代木，慣例的老店。

「藤哥，你這是欲求不滿吧。」

塔斯克喝下一口威士忌笑了，小臉皺成一團，高挺的鼻梁、鄰家氣質的內雙眼皮、大波浪捲髮。蘇格蘭拉弗格（Laphroaig）雙份已經喝到第四杯，但是臉上依舊神色不變。

「終究只是做夢啦，哪有人笨到對未婚妻的妹妹下手。」

藤代跟著乾了酒，藉著醉意，藤代把和小純之間的糾葛告訴了塔斯克。

雙份美格波本威士忌（Maker's Mark），自己喝到第幾杯？已經不記得了。

「是嗎？如果是我就下手了。」

塔斯克的聲音低沉富磁性，白色T恤中隱約看得到瘦削但肌肉精實的手臂，濃郁的香水味，骨節突出的修長手指如老鷹般攫住洛克杯（Rock Glass）。

「我的人生可不像你那樣只追求剎那。」

藤代笑著，用手指轉起杯裡融解的冰球。

從代代木車站走下緩坡，通過便利超商和補習班，走到盡頭的窄小巷弄，突然出現了一條類似植物園的小街。經過入口並排的麵包店和咖啡館，穿越異國植物包圍、有如叢林般的小徑，就會看到一間富麗堂皇的義大利餐廳。藤代和塔斯克在那裡用了簡便的餐點，便轉到隔壁的酒吧去喝酒。

「但是藤哥，你和彌生姊不是無性生活嗎？」

「這一點，也被她妹妹識破了。」

「那麼，說不定這是個難得的機會。」

「混帳，你根本是火上加油。」

酒吧裡昏暗不明，老唱片占據了整面牆壁。由於老板曾經是個名氣不小的音樂人，店內設置了真空管音響和英國老牌高級揚聲器，瞪鞋搖滾*那虛無飄渺的扭曲吉他音樂，正舒適地播放著。

「可是無性結婚，在現今這個時代已經不算稀奇了吧。」

塔斯克向酒保做了個「再來杯一樣的」的動作，繼續說道。

「而且結婚之後，隨之而來的是無窮無盡的日常，想要戀愛的話，就去外面找。」

「你喝醉了啦，塔斯克。」

藤代挑唆似的說完，也向酒保點了一杯「同樣的」。

「你要怎麼確定，在一起的女人一直愛著自己呢？更何況連自己也不曉得還愛不愛她。」

「雖然你說的有理，但是畢竟這世上有規矩。就是到了某個年紀時要結婚，而且之後一輩子只能愛妻子一人。」

＊注：瞪鞋搖滾（Shoegaze），一九八〇年代興起於英國的一種搖滾樂表演形式。以效果器、穩定的鼓點、貝斯線，及主唱的呢喃，創造出特殊的迷幻音牆，使聽眾彷彿置身另一個次元。

吉他音樂淡出，取而代之的是電子琴的柔和音色。這是從法國流行到全世界的熱門雙重奏曲，電子琴交疊著空間感的合成器樂聲。

「但，那種規矩從任何意義上來看，都無法束縛現在的男人。」

「也是啦。所以，結婚的理由幾乎都很微弱。尤其對男人來說。」

「可是，藤哥卻要結婚，這不是自相矛盾嗎？」

「對啊，無法解決的矛盾。」

藤代和塔斯克是在「算命師少年」前面認識的。

五年前的夏天，受邀到朋友位於吉祥寺郊外的獨棟小屋參加家庭派對。藤代在車站商店裡買了紅酒和起司，前往友人家，沒想到包含朋友在內，在場的八位全是女性。她們和好友都是在收購藝術西畫、製作小規模電影的電影公司上班。在八個女人的包圍下，藤代手足無措地啜飲她們遞來的香檳。就在這時，一個高挑的青年出現，朋友向藤代介紹塔斯克，稱他是「今年我們公司的新人帥哥」。

介紹完塔斯克的同時，一位女明星走進屋來，這位劇團出身的實力派演員，主要活躍在舞台或小型電影，她的身旁站著肌膚勝雪，但眼睛卻如玻璃珠般毫無生氣的少年。

「這孩子是天才。」女星說。據傳他是來自四國的神童，在占卜迷之間蔚為話題。「我也算過很多次命，但是被說得這麼準的，還是第一次。」一聽女星如演說般的宣言，在場女客無不躍躍欲試。

於是，少年在二樓的臥房裡，開始為每個人算命。女客全都喝得東歪西倒，熱烈聊著當年坎城好看的電影，或是討厭的電影評論家。藤代獨自一人坐在沙發上，呆滯地看著她們聊天時，塔斯克悄悄溜到他身邊，品頭論足似地看著女客們。

「那個戴眼鏡、有著一雙美腿的採購妹，和剪齊瀏海、帶著文學少女味的打工妹。」

「嗯？那兩個妹怎麼了？」

「我都上過了。」

「哇，你很會玩嘛。」

「不是玩，是對將去上班的公司收集情報。」

塔斯克露出爽朗的笑容。

「想要了解內情，上床是最快的途徑。睡過之後，女人都會對你掏心掏肺。」

然而，他卻散發著某種拒人於外的高貴氣質，與現在說的話恰成對比。

「我完全不能認同你的意見，但還是覺得很厲害。你如何能這麼簡單的把到妹？」

藤代按捺不住對他輕蔑態度的好奇，開口問道。

「我只是不做降低機率的事。」

「機率？」

「對。藤代，若是看到女人洋裝背後拉鏈開了，或是絲襪破了，要不要告訴你？」

塔斯克看著眼鏡妹說道，她喝著紅酒，正張開大嘴笑著。

「好啊，你告訴我吧。」

藤代也看向那女子回應。她用力扭動身體，杯裡的紅酒差點溢出來，而她的腳的確很美。

「啊，不行。」

「不行？」

「絕對不行。我不告訴你。因為雖然到時候你可能會感謝我，但是機率會因此而下降。」

「原來如此。」

「我想和美眉上床的話，就會把那種招數或手法丟到一邊去。太積極的話，女人就會警戒。所以我所做的，只不過盡量避免機率降低。只靠這一點，幾乎所有的女人都能上。」

「你的意思是說，世間的男人失誤太多了。」

「沒錯，就是這樣。」

電影公司的女生把帶來的料理擺在餐桌上，生火腿、米莫雷特起司、西洋芹泡菜、黑橄欖，紅白葡萄酒同時開瓶，互相問著對方的喜好，一邊倒酒。

「可是，那麼簡單就能上的話，不會變得無聊嗎？」

「會啊。所以最近主攻騙子。」

「騙子？」

「是的，比如說，信誓旦旦地說，絕對沒有和男朋友上過床的女人。」

塔斯克啜了一小口香檳，眼光移向剪齊瀏海的打工妹，她一邊裝菜，一邊吱吱喳喳的又笑又叫。

這種女孩可能不少，藤代小聲的同意，也看向打工妹。儘管時值盛夏，但她兩條肥腿還穿著緊身襪，小腿忙碌地動來動去。

「那種話九成以上都是假的，所以我若發現這種騙子，就會想辦法勾引她，大多當天就能把到。」

「哇，真是太強了。」

「是真的。那種女人並不是沒跟男友做過，只是跟男友之外的人上床都不列入計算。」

「美夢破滅。」

「我覺得女人哪，簡而言之就是寂寞的動物。所以，我並非好色之徒，只是想以博愛去回應她們罷了。」

「你這傢伙真是壞到骨子裡了。」

藤代輕輕撞了一下塔斯克。這時，二樓傳來告知，下一個算命輪到藤代。

藤代走上二樓，進入臥室，只點了檯燈的暗淡房間裡，少年手持水晶，正坐在床上等候著。少年要藤代在小紙片上寫下出生年月日和出生地點，然後把紙片折成小塊，放進紫色的包袱袋裡。接著他撫摸著水晶球，注視著球體開始念頌，那音律有著民謠般的悲傷。最後，少年給了藤代兩個預言。

藤代從二樓走下來，換塔斯克起身上樓。交錯時，塔斯克指指二樓，像在問：**怎麼樣？**藤代歪歪脖子，撇了一下嘴回道：「誰知道？」

藤代在杯裡倒了酒，正要走回沙發的固定位置時，好友看準時機走到身旁。

「跟塔斯克很聊得來嘛？」

「是啊。」

藤代側眼打量，她似乎喝了不少，從臉蛋到胸口全都暈染成紅色。

「聊了些什麼？」

「反正都是男人之間無聊打屁的話。」

「戀愛之類的嗎？」

「上床之類的啦。」

「是哦，不過，他是男同志喔。」

朋友湊到藤代耳邊小聲說道。

「同志？」

藤代一時無法理解朋友在說什麼，不自覺跟著發出聲音。朋友一急，皺起臉叫他「小聲點！」

「反正不知道是同性，還是雙性啦。總之，好像也可以接受女生，不過基本上喜歡的是男人。」

「這件事大家都知道嗎？」

「可能還不知道。介紹他進來公司的人偷偷告訴我的。塔斯克的男朋友是個帥哥設計師喔，他經常來我們公司玩，所以我想不會錯的。」

「噔噔噔」輕快的腳步聲響起，塔斯克不自在地縮著長手長腳，走下樓梯，衝進女生圈裡嘻笑。他說：「我不會變成有錢人。」然後用褐色的眼眸揀選桌上的各種菜色。女孩們輪流向他解釋料理的口味，這個好吃，那個馬馬虎虎，那邊的有點辣。塔斯克皺起小臉笑著道謝，用骨節粗大的長手指捏起黑橄欖。女孩們不禁停下談話，盯著那指尖瞧。

此後，藤代大約每兩個月會和塔斯克出來喝一次酒，提出邀約的一定都是塔斯克，每到快忘記他時，就會接到郵件。他喝酒總會喝到爛醉，並說一些眼花撩亂的性愛話題，但是，從來沒有坦白過自己是同志。

那次之後，少年算命師的兩個預言，只有一個說中了。藤代確實搬到了河邊居住，但是膝蓋還沒有開始痛。

喇叭播放出電子音樂，那是幾年前遽逝的京都音樂家最後寫的曲子。舒適的樂音在微暗的空間迴響著，宛若雨珠打在湖面泛起了波紋。

「從前的女友寫信給我。」

藤代低聲說道，視線在空中遊移。

「什麼時候的女友？」

塔斯克也一樣眼神渙散地問。

「大學時代的。九年不見了，突然寫信來。」

最裡面沙發上的女子突然高聲大笑，鄰座的高大男人攬住女子的肩。酒吧內部昏暗，看不見他們的表情，只知道兩個人影重疊成一個。

「這年頭還寫信，滿古典的嘛。」

塔斯克搖搖酒杯，冰塊發出聲響。

「最後一次寫信是什麼時候啊……那種細心體貼的問答，好久沒幹過了。算是純愛嗎？」

「拜託，別越說越像愛情小說好嘛。」

「說的也對。雖然傷感，但是那種故事與現實中的愛情，幾乎一點關係也沒有。」

「曾經也以為純愛能永存不朽，但現在發現，那種愛情只在故事裡才有。」

「不會太遲喔。以前的女友不是還寫情書給你嗎？」

「你當我傻瓜啊。」

塔克斯笑著拿出智慧型手機，想閃避藤代的話，他快速移動著手指，給幾個人發了簡訊。是女人還是男人呢？儘管喝醉了，但手指的動作還是顯出冷靜。

「不過，藤哥，人類真是一種可怕的動物。對怨恨的人倒還好，卻總是無情的傷害身邊愛自己的人。」

手機發出的銀白光照映著塔斯克的臉。

「我雖然自詡博愛，但可能是我無法只愛一個人吧。雖然我可以聊和誰上床，或是感受故事中的愛情，但是卻無法認真愛身邊的人。」

「嗯，這也是無法解決的矛盾。」

塔斯克咧嘴大笑，吐出一句「我不行了」便趴倒在吧檯。藤代搓了搓他微捲的髮絲。

朝酒吧內部瞄去，先前高聲大笑的女人和男人不見了，猶如紫煙融入黑暗中般，消失得無影無蹤。只是那裡出現過的性的氣息，還飄蕩在沙發上方。

✤ ✤ ✤

——很抱歉上次失禮了，醉到意識不清，給你添了麻煩。

藤代凝視著手機螢幕，郵件的內容與夢境中如出一轍，只有這一點是現實。他確認過很多次，小純確實傳了郵件過來，正猶豫該怎麼回信時，做了那個惡夢。

他覺得應該避免兩人單獨見面，可是小純好像還想和藤代談談，藤代也覺得有些該說的話還沒說。只是該說什麼，他還沒想清楚。和塔斯克喝了通宵，借著酒膽他回了信，往返了幾封郵件後，終於談定接下來的星期天傍晚，在距離小純家走路幾分鐘的車站咖啡店裡見面。

小純住家附近的車站，明明是第一次來，卻和夢境中看到的景象幾乎完全一樣。車站樓上有座巨大的購物商場，橘色的夕陽映照著無數的家庭，小孩來回奔跑的嬉笑聲，聽起來就像小精靈。

位於車站大樓中的咖啡店，內部是仿巴黎的廉價米灰白設計，他點了冰咖啡和冰拿鐵後尋找位子，由於店裡客滿，於是找了室外露台的圓桌坐下。他告訴自己，大部分的既視感*只不過是大腦任意統合過去的

*注：既視感，指人在清醒的狀態下第一次見到某場景，卻感到似曾相識的生理現象。

類似記憶罷了。手拿紅、白、粉紅汽球的孩子們繞著大圓跑來跑去，是在哪裡見過的景象呢？他梭巡著記憶，但沒有可對照的風景。

出現在咖啡店的小純，打扮和夢境裡完全不同。寬鬆的白襯衫搭配破洞牛仔褲，掩藏了身體的線條。融入這個充滿家庭氛圍的身影，沒有一絲性的氣息；只是腳上穿的漆皮高跟鞋和鞋跟敲打在木板上的響亮聲音，還留有夢的殘影。

「天氣變熱了呢。」

小純一坐下，便用白手帕擦汗。

「濕氣也很重。」

藤代把冰拿鐵交給她。

「謝謝。」

小純嬌聲道了謝，接過塑膠杯。儘管已近黃昏，但蟬聲還是十分嘹亮。

「等店裡有空位，我們再移進去好了。」

「不用，我喜歡熱。」

「這樣啊。」

藤代把冰咖啡杯放在桌上。

對面的小純垂著眼吸著吸管，淡褐色的液體在管中流動，耳朵上小小的鑽石耳環閃著光，汗水流過白皙的頸項。

「對了，那天晚上的事，你對姊姊說了嗎？」

小純突然抬起頭，注視著藤代

「細節沒提，妳對松尾先生……也不會說吧。」

藤代從小純臉上轉開視線，喝了一口冰咖啡。

「那是當然。不過，姊姊直覺很強，搞不好已經發現了。」

「搞不好。」

「別看她平時溫和，其實嫉妒心很重。」

「會嗎？」

「姊夫對我姊什麼都不瞭解就決定要結婚了喔？」

甜甜的香味隨風飄來，應該是對面的甜甜圈店吧。用砂糖裝飾，帶光澤的咖啡色圓圈，並排在托盤上。這家從美國來的甜甜圈，因為排隊長龍而聞名，但不知從何時起，人潮沒了。

在香味的吸引下藤代忘了回答，小純不以為意地繼續說：「看到現在的姊姊，可能難以想像，但是只要交了男友，她總是變得有壓力又辛苦。因為這樣的緣故，她每次都會逃開。不知不覺，她會把自己的負荷全部拋掉，假裝從沒發生過。」

甜甜圈店內有兩對情侶在選購，感覺是本地大學生。兩個男生都穿著黑外套白襯衫，搭配可可色的卡其褲；兩個女孩都穿著粉紅色的薄洋裝。像是複製&貼上的兩對情侶，他們的樣子看起來相當年輕。

十年前的自己也是這種模樣嗎？

「姊夫有興趣嗎？」

「對什麼？」

「對姊姊呀。你看你什麼都不知道，也看不出想知道的態度。」

沒那回事。藤代原本想開口，但又打住了。這種時候，他總是會想，別說了解對方了，他連自己的心情都不了解。而且，感覺現在不論說什麼，都會被這個小姨子看穿。

「姊姊高中的時候單戀過兩年，是從同一個車站搭車的同年級男生。畢業之前好不容易下定決心向他告白，這才終於有了男友。不過，那男生太無聊了，雖然長得不賴，卻總覺得土氣，而且不愛說話，但姊姊愛他愛得要命，約會的時候，都要問我衣服好不好看，髮型沒問題嗎？她對服裝的品味、欣賞的音樂，全都改變了。我無法接受她為了配合別人，竟做出這麼大的變化。姊姊長得很美，頭腦又聰明，怎麼可以為那種男人改變自己呢？」

積滿污水的水槽開了一個小洞，洞口涓涓的流出泥水。小純混濁的話語涓滴不止地溢流出來。

「我看過我姊和男友在房間裡接吻喔，她還哭了呢。那時候我才驚訝的發現，啊，原來姊姊那麼喜歡他。我猜在那之後，他們就第一次上床了。可是從此之後，姊姊的負荷越來越重，她會為了約會，早起做便當，或是半夜不睡覺的揉麵團，做麵包。食譜不知買了幾本，學做各種餅乾蛋糕，想帶去給他吃。她每次都問我，如果不好吃怎麼辦？而要我先試吃。我都會鼓勵她說，很好吃喔，沒問題的啦。但她總是放棄，最後全讓我在家裡吃掉了。」

小純撥弄著滾白邊的指甲，繼續說道。

藤代想起今天早上彌生站在廚房的身影。她把早餐的奇異果削得很乾淨，而他在旁邊磨咖啡豆。電動磨豆機發出喀啦喀啦的聲音，彌生把削好皮的奇異果放在砧板上切開，一臉乏味的盛在盤子上。

「某一天，姊姊烤了克林姆麵包，卡士達醬也是自己做的。我大大驚豔，那麵包真是好吃，便跟她說，這麵包你一定要帶去。姊姊終於下了決心，要帶去給他。她回來時歡天喜地說，男友稱讚說非常好吃。可是，再下一個星期天，那男生突然有了喜歡的人，把我姊姊給甩了。姊姊在家一直哭，不停的說，可能不好吃，可能太沉重了吧。」

「哇——」

突然傳來小孩的尖叫聲。站前廣場中央的大樹上，有個被東西勾住的紅汽球。大概一起風，汽球被吹走了，於是沒抓好汽球的小女孩哭了。其他幾個孩子聚過來大聲喧鬧，有的踢樹、有的搖樹。

「我嚇到了。」藤代看著孩子們說，「如妳所說，也許我真的對她一無所知就結婚了。」不覺苦笑。

「比起我，我姊用情很深，妒心也很重喔。」

凝視著指甲的小純，恍若驚醒般幽幽地抬起眼睛看著藤代。

「我並不是完全不能理解，不過，妳姊姊是怎麼蛻變成現在的彌生呢？我怎樣都聯想不起來。」

聽到孩子們的叫聲，父母也跟著集合過來，全都抬起頭往樹上看，並注意到高枝上的紅色球體，大家不約而同的露出「那麼高拿不到啦」的表情。小女孩還在哭，母親安慰地拍著她的背。

「被男友甩了之後，姊姊宛如變了個人，開始發憤讀書，她補習了一年考進獸醫系。但那段期間，她對那個人還是念念不忘。」

「妳怎麼知道？」

「姊姊回家時總會繞遠路。」

「繞遠路？」

「是的。從車站到家，她不走最近的那條路，總是會花多一倍的時間。我覺得不可思議，於是偷偷跟蹤她。結果真相大白，姊姊因為不想經過那個男生打工的超商，所以才總是繞遠路回家。」

「可能已經討厭他了，不想再見到他吧。」

「姊夫，你真的不懂她吔。」

小純笑了，托住嘴邊的左手小指上，鑽戒閃閃發光。

「那時候我就知道，姊姊還喜歡那個男生。她絕不會因為討厭一個人而不想見他，而是因為喜歡，不敢再見他。」

廣場上揚起了歡呼，剛才去買甜甜圈的男生，朝著紅汽球伸出手，另一個男生讓他站在肩膀支撐著，將他抬了上去，那姿態就像雙胞胎特技員。兩人的女朋友也像雙胞胎一樣並肩注視著他們。「再上一點！再右一點！」小孩們就像在旁觀切西瓜一樣，對著特技員喊叫。

「看到姊姊這樣痴情，我總是會想，為什麼對想要的東西，不能坦然呢？為什麼不能讓對方知道自己的壓力呢？告訴對方自己的心意是那麼丟臉的事嗎？但我認為，那只是愛戀對方的心意，敗給對自己的壓力感到悲慘的心情罷了。」

話一說完，小純倏地站起來，朝著廣場走了兩步、三步，高跟鞋叩叩地敲在地板上。

「喂，你們兩個！這樣搆不到啦！兩個人要同時一起跳！」

她用力吸了一口氣大聲喊道。

突然聽到背後有人朝著自己喊叫，兩個男孩保持疊羅漢的姿勢，緩緩地轉過身來，吵鬧的孩子和家長們也全都轉頭看向小純。

「快點！風要吹走嘍！」

枝葉搖動，樹枝懷抱的紅汽球看起來搖搖欲飛。

「來，快跳！預備——！」

配合著吆喝聲，兩男生同時蹲下，跳起。剎那間，強風颳起，汽球脫離了枝頭，呼的飛上了天空。

大家一齊仰頭看天，注視著被吹走的紅汽球，沒多久就變成一個紅色小點，像被藍天吸入般消失了。

「唉，真可惜。」

小純一臉失望地回到座位。

她啜著冰塊已經融化的冰拿鐵，淡褐色的眼眸望著藤代。大概是喊叫引起的興奮感吧，雙頰染上了紅暈，櫻唇帶著濕意。

「姊夫，你知道怎麼分辨有愛的性交和無愛的性交嗎？」

小純問道。藤代茫然地看著天空，仍在追逐著汽球的方位。

藤代不語，視線轉回廣場。孩子們拍手讚美兩個男生的奮勇，但因為沒有救回汽球，他們有些難為情。小女孩的母親向他們鞠躬道謝，女生們依舊靜靜地在旁凝視著她們的男友。

確實，愛只存在於彼此心裡，相愛的感覺，誰也無法驗證。藤代思忖著。但是他沒能說出口，就像在夢境裡一樣。

蟬聲消失了，左右一看，四周暗淡了下來，燈火通明的車站書店裡，店員走了出來，將一個紅汽球交給了小女孩，女孩握著汽球和朋友並肩離去。紅、白、粉紅，一堆汽球搖晃著，融入黑暗中。

九月的幽靈

超級颱風穿過東京中心之後的第二天清晨。

——幫幫我。

小春打來的電話，那聲音彷彿就要斷氣一般。

——**阿藤救命，大島先生快死了。**

可能是發抖的關係，連牙齒都發出打顫的聲音。

藤代連汗衫也沒脫，直接套上了外套便從公寓飛奔出去，下樓的時候還差點從薄鐵板的樓梯上滾下來。朝著她所住的地點，奮力跑在濡濕的柏油路上，衝下坡道時，好幾次踩進大水窪，白色帆布鞋染上了泥水，只能聽見悶悶的腳步餘音。

胸口發熱，他仰頭尋求空氣。求你——如同向神祈禱般——求你幫幫忙。藤代喘息著吸入空氣。

那天，空氣清澈得令人詫異，雨水淋濕的街道閃閃生輝，抬頭看時，一朵雲也沒有，靜謐的藍廣闊無邊。

✤ ✤ ✤

攝影社夏季集訓結束的一個月後，小春回青森老家省親。形單影隻的藤代每天就躺在窗邊的小床睡到傍晚，熬過白天；到了晚上，會先到站前的小吃店填飽肚子，再去隔壁的舊出租店借電影，回家看一整夜。每天重複同樣的生活。《飛輪喋血》、《大白鯊》、《第三類接觸》、《法櫃奇兵》、《魔宮傳奇》，看著史蒂芬·史匹柏的電影時，藤代突然領悟到，把自己帶出去的，一向都是小春。

過了五天，電影放到《關鍵報告》的時候，小春來電了。藤代告訴她，自己過著近似繭居族的生活，感嘆去到外面不知該做什麼好，再這樣下去，說不定會變成蝸牛。小春笑道，不如把集訓時拍的照片沖洗出來。

那時，他似乎能聞到電話另一端冷洌的空氣，感受到她確實身在青森。

拿出拍完的四卷底片到學校去，沒有人影的暑假校園中，夏蟬較勁似地鳴叫，宣告夏日的結束。獨自走在寂靜無聲的社團大樓走廊，在暗房前停下腳步，他敲了敲後打開門，紅燈之下有個高個子男人，待眼睛慢慢習慣黑暗後，認出了那個左肩稍低的背影，是大島。他也一樣拿著底片，在托盤中倒入顯影液。大島看見藤代，笑笑說，真有默契。

在黑暗中，兩人在肩靠肩的距離下站著。大島調整著放大機，把相紙浸在顯影液裡，放大機的光線微弱的映出他的臉，大島和平常不一樣，眼神充滿了專注。從定影液夾起的相紙，有五、六張，他用夾子夾住。在紅光中，大島拍下的小春笑臉淡淡地顯影出來。

「我喜歡小春。」

凝視著紅光照映的笑臉，大島自言自語的說道。

「嗄？你說什麼？」

藤代一時無法消化耳邊聽到的話，僵硬地笑起來。

「我自己也搞不懂，這到底是戀愛的感情，還是其他？」

「……你不該跟我說這些吧？」

「你說的對，對不起。我也不知道為什麼要對你說這些話。」

黑暗中大島的聲音聽起來含糊得難以捉摸，但是在紅光映照下，依稀可見那對眼睛晃動著，好像正被某種難以控制的意念擺布。

「小藤，你不用擔心，我沒有對小春說過，她恐怕根本沒有察覺到我的心情。」

「這不是擔不擔心的問題……大島哥，你不是結婚了嗎？」

「嗯，我不會背叛我老婆的。」

「可是，那種事很難說絕對不會發生吧。」

「我和我老婆了解彼此的一切。」

大島為什麼能這麼有把握？藤代不解的想。自己從來沒有與某個人了解彼此的一切，即使和小春，他也沒有這個自信。也許結婚就會對男人和女人施予這種魔法吧。

「五年前，我精神崩潰時，是她幫助我站起來的。當我無法工作、一事無成的時候，也是她陪伴在我身邊。我生活中的一切，需要什麼，不需要什麼，她都瞭若指掌。」

大島的話好像是對著無邊的黑暗說的。

藤代凝目想看出他的真正心意，但是在暗室中看不清他的表情。

「然而，就算我們如此了解對方，我也不知道我現在是否愛著她。她是我最重要的人，我應該和她在一起，但是，有時候我很害怕，擔心維繫我們夫妻關係的，只是一股堅持。」

黑暗中彷彿看得見星星——水星、金星、火星、木星、土星——躺在老家床上時看見的那些星體。

晚飯好嘍。媽媽開門進來。決定離婚的媽媽，當時臉色像被抽去靈魂一般。

好傷心。那時候，藤代確實感到傷心，而小春哭著將他緊緊抱住。

「大島哥為什麼會覺得自己喜歡小春？」

「很難用言語來解釋。如果可以說得出來，我會把所有心情一條一條的整理排好，然後放棄，而不會把這種事跟你說，讓你為難。」

腦海浮現出小春拍咖啡時的身影，藤代也沒有辦法把這種心情化成語言。如果做得到的話，想要傳達心意的對象，就可以換成任何人了吧。

「和小春在一起時，我的心就會持續的跳動。那感覺好像從出生到現在，我一直和她站在同一個地點觀看世界那樣。」

大島再次察看放大機，頎長蒼白的手指慢慢的調合焦點。在紅色安全燈照射下，小春的照片在搖曳，那笑臉宛如馬上就能傳來笑聲。構圖、焦距全都一團糟，但那是只有小春和大島的世界，感覺她的笑容離他越來越遠。

「小春也不太說自己的想法，但是她把那些都拍進了照片裡。她喜歡的事物、討厭的事物、在乎的事物，全部都在這裡面。所以我很明白她愛著你。」

「我不太確定，有時候也看不出小春在想什麼。」

藤代小聲地嘀咕著，他終於能把心事說出來了。

大島從放大機抬起眼睛，再次注視著夾子上小春的笑臉。

「我覺得互相了解並不代表一切。有時候雖然不了解，但還是想和那個人在一起，想多了解一點他的想法。也許對她來說，這就是愛情。」

那天晚上，藤代打電話給小春。不由分說的、沒完沒了的傾訴著，自己難得走出家門去洗照片、一個人影也沒有的校園，最後像是附帶一提的告訴她，在暗房裡遇見了大島，但沒說他們聊了什麼。

小春默默的聽完，最後只說了一句：「我喜歡你，阿藤。」

那時候，他也感受到從電話另一端竄流過來的青森冷冽空氣。

藤代跑到小春身邊時，大島在飯店的床上昏睡。

喝光的啤酒罐倒在枕邊，大島臉色發白，宛如人偶公仔般失去了質感。藤代不斷搖晃他，呼喚他的名字，卻仍不見醒來。

全身氣力放盡，喉頭苦澀乾渴，小春一臉呆滯的坐在床邊，頭髮凌亂，嘴巴半開，不斷發出咻咻的聲音。

問她發生什麼事？她也只是流著淚，像囈語般反覆地說著：「請救救他。」隨後，急救人員如子彈一般衝進了屋內，將大島放在擔架上抬出去。

九月第二個颱風接近時，藤代偕同小春到醫院去探視大島。接到大島清醒的聯絡後，他們代表攝影社前往慰問。

自那天起，小春幾乎足不出戶，警方數次偵訊工作結束後，藤代偶爾會去她的公寓，但絕口不提大島的事。因為小春看起來不想談，所以藤代也不敢多問。

「告訴我，那時候到底怎麼了？」

告訴她住院地點時，藤代終於問了，用一種隨口問問的語氣。

小春沉默了半晌，然後低下頭，開始垂淚。

藤代輕聲道歉，她抬起臉搖搖頭，好像在說不是你的錯。但話還沒說出口，淚水又再次溢出。

藤代什麼也說不出口，只告知了會合的時間便走出她家。

與小春在最近的車站會合後，上了公車，一起坐進狹小的雙人座裡。

到第五站時，下課的小學生一古腦的蜂湧上來。大概有十個小朋友吧，有的握著吊環嬉鬧，有的倒在椅子上大笑，令人費解到底有什麼事這麼好笑。

可是，看著身旁捧著向日葵花束的小春，藤代想，**那天在攝影社準備前往海邊的遊覽車上，大家也是無意義的笑個不停。那個時候，除了快樂還是快樂。**

公車搖搖晃晃過了二十分鐘，出現了古老的大學醫院。他們在公車站下了車，穿過寬廣的停車場走進病房大樓。站在鋪著綠色油氈地板迎接他們的，是大島的妻子。

「謝謝你們專程過來。」

大島的妻子深深行了禮，並接過小春帶來的花束。她的手刻著深深的皺紋，細瘦的無名指上戴著的銀戒發出黯淡的光。

「送到醫院來時，本以為沒希望了，還好及早報警，總算撿回一條命。現在已經恢復不少，可能下星期就能出院了。」

大島的妻子聲音沙啞地說道。

那時候出了什麼事？為什麼會和小春在一起？她什麼也沒問，只是站在悶熱的醫院大廳，不住地低頭道謝，拿著褪色的手帕一再擦過汗涔涔的額頭。

難以置信她就是大島的妻子。誰也想不出那位機智開朗、人見人愛的男人，會跟眼前這位女子生活在一起。

「他……只要回家時露出幸福的表情，就會出問題。」

大島妻子突然乏力的笑了笑，接著看向藤代。第一次與她目光相接。

「……什麼意思？」

藤代也迎向她的視線。

她的笑容溫柔，眼神宛如慈悲的菩薩。

「這種事他做過好幾次。發生之前，他一定會一臉幸福，想必他和攝影社的你們在一起，太開心了吧。也許那裡面有讓他信賴的人。」

大島妻子依然溫柔地笑著，看向低頭不語的小春。

從那微笑可窺見一絲當年的風華，見證著她的美麗。藤代思忖著，這五年來，她一定獨自承受著大島負面的部分。

「但是，他越是感到幸福，越會走向危險。他會哭著向我吐露，害怕再也回不到崩潰前的自己。所以，伊予田小姐，你千萬別放在心上。他總是被死亡追逐著，不論選哪條路，都會有這樣的結果。」

大雨嘩啦嘩啦地打在玻璃上，雨滴有如透明的生物，從窗戶玻璃爬下來。雨勢漸漸加大，終於成了視野迷濛的傾盆大雨。

受不了沉默的氣氛，藤代朝著走廊盡頭的病房張望了幾次，但是直到最後，大島妻子都沒讓藤代和小春進到病房去。

白色的雨幕覆蓋了醫院，以前讀過的漫畫裡，描繪著大雨不停的世界。那部漫畫阿主愛看，所以留在社辦。

書裡畫的雨就像簾幕。看著漫畫時，藤代想，**絕望也許會像這樣安靜而美麗的來到吧。**

等待到車站的計程車時，小春站在玻璃自動門內，凝視著那白色的簾幕。

突然，背後傳來沉重的腳步聲，回頭一看，大島走下樓梯，向走廊這頭跑了過來。他可能甩開了妻子，睡衣凌亂，呼吸急促。

「小春！」

大島吵啞的聲音吶喊著。小春逃命似地開了大門直衝出去。

「小春！小春！」

大島發狂地不斷喊叫。小春穿過無人的停車場，在大雨中狂奔。

藤代看著呆站在大廳的大島，嘴唇凍成紫色，正微微地顫抖著。儘管在顫抖，但還是蠕動著想要呼喚小春的名字。

藤代戴上外套的兜帽，衝進雨中，朝著小春的背影追去。大顆雨珠打在臉上隱隱發疼，呼吸彷彿在水中游泳般變得困難。一〇〇公尺、二〇〇公尺，他全力加速地跑著，小春則頭也不回地直直往前衝。

大馬路上的卡車攔住了去路，追丟了小春。

藤代舉起袖子擦了擦濕透的臉，向四周張望。他感到一股視線自空中落下，抬起頭，小春在遠處盡頭的天橋上望著藤代，看得出蒼白的小臉扭曲著。藤代只能茫然地望著那點白，卻發不出聲音。

來不及了。他注視小春的臉，心裡想著：**我一定追不上小春。**藤代兀立在原地，目送小春的背影緩緩消失在雨中。

從那一天起，藤代不再去攝影社。

賓得士告訴他，小春也沒去了。

彼此不再去對方的家，也不再用郵件聯絡，只有小春留在租屋房間的襪子和牙刷，靜靜地述說著，兩人共度的時光。

某日，小春打了幾次電話來。

——**最後想見一次面**。

電話錄音留下了這樣的訊息。

但是，藤代沒有回電。

或許可以裝作沒事發生過，與她重新和好，可是他無論如何都沒辦法回電。

就這樣，藤代逃也似的與小春分手了。

✤ ✤ ✤

我很孤獨，而且悲傷將我擊垮，與我攜手走過人生的妻子離家出走。為什麼妻子要拋棄我呢？

寂寞難耐之餘，我打開電腦，灌入作業系統。那是人工智慧型的操作系統，粉紅色的畫面出現，一個女人的聲音響起：**哈囉，我的名字叫珊曼莎。**

藤代與彌生並肩坐在真皮黑沙發，看著電視中穿著紅夾克的男子。玻璃桌上隨便擺著粉紅色DVD包裝盒，那是經塔斯克推薦、幾個月前在亞馬遜買的，但一直沒機會看。

電影描寫在不久後的未來，洛杉磯的孤獨男子與人工智慧女性的戀愛故事。

DVD盒旁放著結婚喜帖，信封用秀麗的毛筆字寫上收件人。彌生堅持她要一張一張自己寫，藤代認為這太費工夫了，請個繕寫員吧。但彌生拒絕了，並且保證一定會趕在時間之內寫完，因為她不想忘了自己邀請了誰。

距離婚禮只剩下半年多，回到家，藤代看到桌上的請帖，知道彌生已經完成了承諾。

喜帖旁邊展開著用EXCEL製作的婚禮當日流程表，並在活動欄附記著每一節預定播放的歌曲，筆風與喜帖一致。傑克森五人組、艾維斯・卡斯特羅、辛蒂・蘿波、史蒂夫・汪達再加艾爾頓・強，歌頌愛情的流行歌手們都預定來祝福藤代和彌生。

「前幾天，我不是去喝了喜酒嗎？」

彌生喝著用大號馬克杯裝的南非國寶茶說道。淡綠色的杯子裡，盛滿了快要溢出的褐色液體。

「嗄？什麼時候？」

藤代喝著罐裝啤酒，心不在焉的答道。他視線追隨著電視畫面中，走過摩天大樓的紅衣男。

「你忘啦，上個月啊，年輕獸醫的。」

「哦哦……我記得。」

對藤代的記憶而言，那是做了恐怖惡夢的一天。

「婚禮怎麼樣？」

「那天，雖然和獸醫同事坐在同一桌，但結果卻像是在做人生諮商。」

「怎麼說？」

「有個學妹在小診所上班，有了孩子。」

「值得恭喜的事啊。」

「不，並沒有那麼可喜。」

彌生揉著雪白的小腿肚繼續說。

「她老公現在獨自外派在福岡上班，孩子出生之後，也許必須辭去工作，所以十分煩惱。她說，才剛剛開始新工作，該怎麼辦才好？」

「真可憐。」

「現在住的房子，若是有了孩子就嫌太小了，所以不得不搬家，一片混亂。」

「怎麼好像懷了孩子，反而成了壞事。」

藤代站起來，從廚房拿出綜合堅果袋，倒入玻璃桌上的小盤子裡，發出響亮的喀啦喀啦聲，伍迪·艾倫聽到後也挨到腳邊來。

「我看她那麼煩惱，真的好可憐。但是同桌有孩子的學姊說：『反正只有幾年時間，有什麼關係。我有了孩子之後，就不想工作了，馬上辭職呢。』盡說些不負責任的話。」

一道永遠填不平的鴻溝。每次聽到這類話題時，藤代心裡便如此思忖。

生過孩子的女人，總對有了孩子的人生給予最大肯定；而沒生過孩子的女人，則聲張著因為生育而失去的種種。任何人都不能否定自己的人生，而且那還是男人解決不了的事。

彌生以後打算加入哪一邊呢？

紅夾克的男人躺在床上對珊曼莎說話。**雖然你是作業系統，但充滿幽默感、單純，而且又性感。你比世界上任何人都愛我。**為珊曼莎配音的是，以性感魅力席捲好萊塢的女明星。她生動自然的呼吸，為沒有形體的珊曼莎賦予了生命。

「後來談得如何？」

「因為氣氛有點僵，所以，她只說先回去和老公商量看看便打住了。」

「也只能這樣了。但不知那位老公能不能成為可靠的商量對象。」

藤代邊說邊笑，電影中的紅夾克男也笑了。聊天的對象是無形的，它在電腦中。

「如果我們有孩子的話，」夾在笑聲的空檔間，彌生喃喃地說，「也必須搬家才行。」

悄靜的客廳裡，迴響著紅夾克男與珊曼莎的笑聲。

「房間一定會不夠吧。」

藤代注視著歡笑的兩人回答。

彌生默默地伸手去拿開心果，發出啪嚓的剝殼聲。伍迪·艾倫嚇了一跳，跳上玻璃桌，擺在桌上的喜帖被掃到地上。

紅夾克的男子還在笑著。

「以前史匹柏的電影，有一部在講人工智慧小孩的故事。」

沉默了片刻後，藤代撿起散落在地上的喜帖說道。

「是《A.I.人工智慧》吧？但不怎麼好看。」

彌生把藤代交給她的喜帖排整齊，兩人開始了自然的閒聊，就好像幾十秒前的對話不曾發生過。

「的確。不過，那部電影聽說本來計畫給庫柏力克拍的。」

「庫柏力克？」

「就是拍《二〇〇一太空漫遊》的導演。」

「真的喔。」

「你知道庫柏力克為這電影取的名字是什麼嗎？」

「什麼？」

「皮諾丘。人工智慧並非什麼新創意，只是把以前講過的故事再重新創作而已。」

一邊整理著喜帖，藤代的目光又回到電影畫面。

男主角與妻子見面了，紅夾克不知何時換成了黃襯衫。男主角告知，自己正和作業系統交往。妻子不屑地說：**你不能面對真實的感情，實在太可悲了。**男主角說：**我在想，我和你，和珊曼莎的感情，到底誰能區別哪一邊是程式，哪一邊不是呢？**

「以前讀過一篇報導，設計出打敗職業棋士的人工智慧工程師，曾說過一句很有意思的話。」

「他說了什麼？」

「工程師本來也是個象棋高手，但他設計的人工智慧程式越來越強大，終於有一天，自己輸給了它。」

「一定很受打擊吧？」

「沒有，正好相反。他說那時候非常高興，對這個拋開自己、遙遙領先的人工智慧無比疼愛。還自傲的表示，現在不論比賽再多次，也絕對贏不了『他』了。」

「怎麼覺得毛骨悚然。」

彌生皺起眉頭，喝了一口已經冷掉的南非國寶茶。

黃襯衫男子坐在地下鐵的階梯，珊曼莎的狀態有點奇怪。兩人那麼相愛，但她卻顯得心不在焉。乘客宛如螞蟻般從地下鐵車站爬出來，每個人都在和作業系統對話。

「有種叫做深度學習（Deep Learing）。一種能自己學習的人工智慧。它們從失敗中學習，也會堆積木，甚至駕駛，就像嬰兒一樣，已經和人類無異了。」

「那麼，真實的原子小金剛也快了吧。」

「預測至少二〇四五年，人工智慧就能超越人類。」

「超越人類那會是什麼狀況？」

彌生盯著電視畫面喃喃地說，珊曼莎的聲音與她重疊了。

「現在，我正同時與八千三百一十六個人對話。」黃襯衫男人抱著頭。「除了我之外還有別的情人嗎？」「為什麼這麼問？」「有幾個人？」「我有六百四十一個情人。」「我的心不是方盒子，它會不斷膨脹；但不管有多少人，也不會減損我對你的愛。」

最終，人工智慧會嫉妒他所愛的人嗎？

藤代交互的看著絕望的黃襯衫男子和注視著他的彌生。它們能夠忽略人的過錯，任它過去嗎？

為什麼要愛別人？為什麼不能阻止愛的消失？這是智者也未能解釋的難題。未來某天，超越人類的人工智慧，有可能得出答案嗎？

電影中的黃襯衫男子爬上屋頂，俯視著暮色漸沉的街道。失去一切的他寫了封信給以前的妻子，為了表達自己的心意。在他四周高聳的摩天建築，一扇扇窗亮起了橘色的光。

身旁的彌生流下淚來。

傷感嗎？還是開心？藤代捕捉不到她的心思，只能帶著茫然的表情，看她的淚水不斷地溢流出來。

他知道自己得有些行動，可是，他不敢擁抱，連把手搭在她肩上都做不到。

「你記得我們第一次在房間裡一起看的電影嗎？」

「哪一部？我不記得了。」

「在你家一起看的呀。」

「確實是。」

「那時候，你在想些什麼？」

「不知道。對不起……我想不起來。」

「那麼，藤代……你現在在想什麼？」

彌生淚眼汪汪的看著電影中亮燈的窗子，凝視那模糊的輪廓。

「妳指的是什麼？」

藤代回答，聲音可能有點發抖，這是他第二次看到彌生流淚。

「你現在快樂嗎？」

「嗯。」

「你喜歡待在這兒嗎？」

「當然。」

「是嗎……」彌生終於擦去眼淚，然後看著藤代說：「可是，你看起來好像並不幸福。」

藤代啞然無語，看向窗外。

來找我。珊曼莎消失時的話浮現在腦中。**多虧了你，我懂得了愛**。昏黃的街如同覆蓋著暗淡的薄紗，摩天大樓裡點亮的橘色燈光。和電影同樣的景色，在眼前擴張開來，那一扇扇的窗戶裡，移動的人影恍如幽靈。

十月的藍天

在這個國家，天氣預報是不可信的。心想是晴天吧，卻下起了小雨，但一轉眼，又放晴了。我想阿藤也知道，我非常喜歡太陽雨，所以才一到便立刻愛上了冰島。

現在果然正下著太陽雨，窗外的特約寧湖有許多天鵝在悠游，牠們的上方掛著一道大大的彩虹。沒有人看到彩虹驚奇大叫，因為這個國家的太陽雨總是會帶來彩虹。

我現在在雷克雅維克。

一座座白色小屋，頂著小小的紅藍綠三角屋頂，像個小人國般的城市。

這是個非常寂靜的城市。三天前還擠滿了人，那時正舉行著一年一度的大型搖滾音樂節。在這居音樂節中，冰島出身的國際級女歌手回到了故鄉，熱力四射的搖滾樂團也從英美齊聚此地。

他們在一個由鱗片般七彩玻璃所包圍的大音樂廳裡舉行演唱會，也有許多冰島的樂團和歌手在各處街頭演奏。

從街角的咖啡店、在地編織風格的手藝店、只賣攝影集的書店、塞滿黑膠的二手唱片行，到迴轉壽司店的廚房，一到晚上，雷克雅維克所到之處都成了演唱會的現場。形形色色的樂音與人聲結合，將整個城市籠罩在音波之中。

雷克雅維克宛如另一個行星，令我深深著迷。我徘徊在夜的街頭、美術館、飯店的大廳、湖畔，像尋寶一般搜尋著音樂。

其中，有個地方我特別喜歡。

那是一家位在林蔭道旁的服裝店。櫥窗中，有個讓搖滾樂團與人體模特兒並立演奏的舞台。樂團演奏每隔一小時就會換人，他們會站在穿著滑雪裝的模特兒旁邊開始演奏，彷彿是模特兒會動、會彈吉他、也會唱歌的演奏會。小時候看過的木偶劇場景總深深吸引著我，於是每夜我都到那櫥窗前報到。

在那裡，我和那個人重逢了。

那是音樂節的最後一天晚上。

一如往常的，我站在服裝店的櫥窗前面，看著女子雙人組站在模特兒旁演唱。我思忖著，今晚就要與這幅景象告別了，心裡十分不捨。

貪看有如懸吊木偶般樂團的觀眾們在黑暗中出現又消失，櫥窗的光映照在群眾身上，像是夜裡流浪的鬼魂。站在其中，感覺連自己都快變成鬼了。

突然有個穿著黑色長大衣的修長男人悄然站在離我不遠的前方，也在聆聽演唱，他的背影沒來由的令我十分懷念。

濃密的灰髮、左肩稍低的背影，無可置疑的，是大島哥。

「大島哥！」我忍不住從背後喊他。可是他卻走出人群，越過馬路而去。我跟在逐漸遠去的背影後面，極速狂奔，一再呼喊著他的名字，但他卻不回頭。

左肩稍低的駝背人影，走進一棟磚造大樓並搭上電梯。確認電梯燈停在四樓之後，我也上了四樓。門一開，是個青年旅館的酒吧，裡面的舞台上，有個白人男子在紅燈照耀下，使出渾身之力正飆高音歌唱。

那是我們在灣岸Live House表演廳看過的「勝利的薔薇」。

這間取名為「閣樓」的旅館，牆壁攀爬著裸露的大鐵管，木質地板上設置了舞台，觀眾們魚貫入場，為了看一眼在這個小舞台上驚喜現身的樂團，而把窄小的空間擠得水洩不通。

「勝利的薔薇」的主唱宣布，下一首將是最後一曲。

我立刻發覺那首歌的旋律很耳熟，在那場灣岸的現場演唱中，他們也將這首曲做為壓軸。

我放棄尋找大島哥，停下腳步觀賞他們的演唱。

傳說，冰島有精靈。

我想起大島哥說過的話，和他少年般的笑聲。

雖然看不到他在哪裡，但是，我相信大島哥一定在會場的某個角落，因為我能感應到他的存在。

一回神，我已被包圍在如雷的掌聲之中。演奏完畢的「勝利的薔薇」高舉雙手走下舞台，掌聲久久不絕，歡呼聲將「閣樓」團團圍住。

室外的氣溫大概接近冰點以下。

我的呼氣在黑暗中，像朵小小的雲飄出即消逝。城市各處的表演都已結束，「鬼魂們」走下山坡。

左肩稍低的駝背身影逆著人潮走上平緩的坡道，跟在黑色長大衣包裹的那人之後，我簌簌地顫抖著。

大島哥為什麼會在這裡？我的心雜亂無頭緒，該跟他說什麼才好呢？

從那天以後，我再也沒和他說過話，也沒有見過面。

我一直不能原諒大島哥。為什麼那時他要把我牽扯進去？為什麼要把阿藤從我身邊搶走？

但是，另一方面，我也感到同等的愧疚。

明知大島哥對我有好感，我卻假裝不懂他的心思，而和他在一起。我喜歡的人是阿藤，但經常覺得惶惶不安，不知道阿藤在想什麼？會喜歡我多久？也因此，不想放開大島哥喜歡我的心意，卻沒意會到，這麼做會把大島哥逼上絕路，最後我誰也沒得到。

走上坡道，暗路的盡頭是一座石砌的教堂。數支高大的石柱組合而成的巨大尖塔，孤立在山丘上的形影，猶如準備飛向火星的火箭。

坡道兩端有零零落落的街燈，在白光照耀下，大島哥繼續往坡頂走。越接近教堂，人影越稀少，等我意識到時，坡道上只有我和大島哥兩人。我氣喘吁吁地逐漸拉近與他之間的距離，什麼也不想，只是專注的往前走。

突然眼前一片明亮。

仰頭一看，黑暗之中只有那座教堂的上空，是一片正午的藍。

就像大學時，和阿藤去雷內．馬格利特（Rene Magritte）畫展上看到的畫。

阿藤還記得嗎？

夜。幽暗中街燈亮起，映照出家家戶戶的剪影，只有上空呈現正午的藍，如同另一個世界。

儘管他畫的是虛構的世界，但是看著那幅畫的我，卻把它當成在現實中見過的場景。

「冰島有精靈。」我再次想起大島哥的話。「而神不在別處，就在我身邊。」

藍天下的教堂，只有漆黑的輪廓。

左肩稍低的背影在那裡站定，就在幾秒鐘後，木門緩緩打開，他走了進去。我跑到木門邊，使勁拉開黑色的把手，木門吱嘎一聲地開了，將我迎入後，又發出沉重的聲響關上。

暗影裡，聽見咯噔咯噔的腳步聲，我跟著那足聲走進禮拜堂。屋頂仰之彌高的這個地方，隔絕了外面的聲音，形成全然的寂靜。木製椅子整齊的排列，碩大的十字架從天花板垂掛而下，裡面似乎一個人也沒有。

突然間，禮拜堂發出轟然巨響。回頭一看，階梯上有座龐大的管風琴。從未見過的巨大樂器，如同銀色的火箭引擎，正奏出渾厚動人的樂音。

我登上禮拜堂旁邊的樓梯，快步走向管風琴。一位穿著白色洋裝的金髮女子正在演奏，她看見我氣喘吁吁地跑近，驚訝地停了下來。

「怎麼了？」她問。

我說：「我在找朋友，他走到這裡面來了。」

她咕噥著：「真奇怪，門明明鎖上了。」然後用帶著冰島口音的英語說：「除了你和我之外，應該沒有人進來這裡。」

我從二樓目不轉睛的察看著包廂，到處都看不到大島哥的身影，他就這樣消失不見了。

我不想放棄，於是便告訴她是個灰頭髮、個子很高、左肩有點下垂的男人。

「沒看見。」她搖搖頭笑道。「你一定是看到精靈了。這沒什麼好奇怪的，在這城市裡，並不是稀奇的事。」

臨別前，我詢問她剛才彈的曲子，那旋律非常優美，希望還能再聽到。「是巴哈的郭德堡變奏曲」她答道，然後再次用管風琴彈起這首曲。

走出教堂，我聽著背後的旋律，走下坡道。再次回頭仰望教堂，那裡已沒有藍天，而是既沒有月也沒有星的無垠黑暗。

那一夜，回到湖畔的飯店後，打開電腦，收取三天沒開的郵件。賓得士傳來了一封信，相隔五年接到他的郵件，不知為何，我並沒有訝異之感。

他說他去年結了婚，因為實在難捨攝影工作，所以在一家小型的二手相機店工作，但現在有了孩子，因而轉進中堅的保險公司上班。他在很有賓得士風格的冗長前提之後，寫了這樣的一句話。

大島哥車禍過世了。

三天前，他在家附近的十字路口，被小轎車撞到，送到醫院時，已沒有意識，當天夜裡便與世長辭了。大島哥的太太辦了一場只有家人參加的小型喪禮後，才打電話給賓得士。

電話那端，大島太太告訴賓得士，大島常說，還想和那些夥伴到海邊去，還想拍照。攝影社的社員對他來說，都是重要的朋友，所以必須告訴他們他的死訊。她像說給自己聽似地訴說著。

我用力推開飯店的窗，讓夜晚的寒冷空氣流進房間，壓抑住想尖叫的衝動，將空氣大口吸入肺中。

大島哥沒能逃過死劫。

我在想，被死神追逐，一再逃亡的那位左肩稍低的駝背身影，終於還是被死神抓到了。

第二天早上醒來，我發了高燒。

向飯店服務生借了體溫計測量，超過四十度。我躺在床上凝視著藍色天花板呻吟，而我的意識脫離了床鋪，飄浮在這幾星期間走過的冰島各地。

彩虹圍繞的瀑布、從地底噴出泉水的火山、到處可見的藍色冰河、無數海鳥棲息的岩壁、山坡上獨自兀立的紅屋頂教堂。

我的意識飛翔在這變化劇烈、宛如將地球濃縮在一起的冰島大地上，彷彿成了「精靈」。然後，我越過了冰河，到達盡頭的海邊。這兒的海沙黝黑，海浪卻是無盡的白，宛如底片黑白攝影般的世界。

不知怎地，大島哥坐在那裡，和那個夏天一樣，獨自在沙灘上彈著烏克麗麗唱歌。

四月，她將到來。

他重複地、一再地唱著。

「我愛著一個人，心情就像現在湧上來的浪花。自從說出口的那刻起，它就不再是淡淡的夢，而成為現實。對方的反應令我躑躅，很想逃避悲哀的結局。思緒混亂、吃力、折磨，即使如此，人還是會戀愛。這是為什麼呢？」

那天，大島說了這些話。早已忘懷的話語，卻突然清晰的浮現出來。

為什麼人會戀愛呢？

我還沒能找出大島哥問題的答案。

活了這麼多年的我，一直得不到答案。

最後，附上照片。

拍的是黑沙灘。

我相信阿藤一定就在這片白色海浪的盡頭。

抱著這種感覺，我按下了快門。

伊予田春

十一月的猴子

「我要結婚了。」

當彌生這麼說時，藤代感到小小的心痛，但是同時又有些得救的感受。

那是臨近冬日、呼氣開始變白的時節。

在同所大學獸醫系的校舍裡，藤代遇見了她。那是結束實習，工作稍微安定下來的時期。

藤代工作的大學醫院，與彌生工作的動物醫院，在地點上有些距離，所以雖然在同一所大學裡，但幾乎沒有交流，是幾次奇妙的巧合加在一起，才讓兩人結合。

有天晚上，一名菲律賓女子被送進醫院。

她扭動身體尖叫著，兩腳亂踢亂蹬。根據隨行的急救員所述，在六本木夜店工作的她突然辭去工作，想帶著吉娃娃狗出國，結果自不待言，在機場時被檢疫攔了下來。她一再堅持一定要帶愛犬離開，在發現無法如願後便陷入了狂亂狀態。

菲律賓女人拳打腳踢了相當長的時間，藤代給她打了鎮靜劑後，終於睡著了。而她的愛犬繫在醫院外的柱子上，就像圓規般不斷地轉圈圈。

「這女子應該是非法滯留，明天警察會過來將她強制遣返吧。」精神科的學長如此說道。「而小狗可能會被帶去動保所。」

藤代聯絡大學校內的動物醫院，詢問是否能收留吉娃娃。接電話的是位女獸醫，她告訴藤代，暫時可帶到動物醫院旁的獸醫系校舍。

深夜的大學校園裡，校舍大多數都已關燈，簡直像個鬼城，只有獸醫學系的窗戶還亮著慘白的光。吹過校舍縫隙的風吸走了體溫，從鞋底傳上來的寒意，提醒著冬天確實快要來臨了。

藤代拉著紅色的牽繩，帶著吉娃娃走進校舍，突然間，一隻黑色的肥貓從眼前的階梯跑了下來。

「紅豆餅，不行啦，你不能出去。」

冷靜清亮的聲音從階梯上的暗處叫住黑貓，藤代凝目一看，有個穿著白袍的苗條女子站在那裡，看起來年紀比藤代稍大一點。微捲的長髮束在頸後，烏溜的大眼正注視著他。

聞聲即知，她就是剛才電話中的那位女子。而這隻以甜點命名的黑貓，不甘心的轉過身爬上階梯。

「啊，我是藤代，剛才打過電話來。」

藤代向她秀出紅色牽繩，吉娃娃仍舊在打轉。

「我叫坂本，請隨我來。」

彌生將爬上階梯的黑貓抱起，柔軟的「紅豆餅」慵懶的伸展身體後，在彌生的手臂中蜷成一團。

這是他第一次進入獸醫系的校舍。

充滿著宛如走進動物園時感受到的獸類氣味。磚造的校舍中，老舊的石砌階梯向前伸展，乳白色的地板潔淨發亮。蜥蜴、老鼠、鳥和狐狸，每個教室前面雜亂陳列著動物標本和解剖的素描，窗邊用衣架晾著剛洗好的白袍，從窗口看得到中庭中央有座巨大的供水塔，它在螢光燈的照耀下，彷彿藏匿的幽浮。

「那麼感興趣嗎？不過是個破舊的校舍。」

彌生輪流看著吉娃娃和瞪大眼睛、東張西望的藤代。

「不，我只是覺得差別好大。」

「和醫學院嗎？」

「對。」

「不過，兩邊醫的都是動物吧。」

「的確。但感覺很新奇。」

暗淡的走廊盡頭，走來一隻圓滾滾的白貓，「喵～」的小聲叫了一下。

「那是大福。」彌生的視線移向手臂中的黑貓，「這隻叫紅豆餅。牠們就像校舍的吉祥物一樣，是大家一起養的。」

「大家一起養？」

「其實是不准的。迷路的野貓不知為何就此定居下來，既然是無主的貓，大家就一起養了。」

「那麼，可以讓這隻也加入陣容嗎？」

藤代抱起吉娃娃，看著彌生。吉娃娃似乎了解對話的內容，也專注的凝視她。

「不知道吔，如果能取個好名字的話。」

「名字？」

「對呀。」

「該不會是甜點之類的？」

「你怎麼知道？」

「因為已經有了紅豆餅和大福呀。但是，你們是用那種條件來決定要不要養的嗎？」

「那種條件？」

彌生站定看著藤代。

紅豆餅不想打擾談話，一溜煙地從手臂中跳出去，跑了。

「那你認為該用什麼條件來決定呢？」

吉娃娃好像想要附和紅豆餅似地，也從藤代手中跳下。藤代扠起空閒的兩手，沉默地看著窗外，供水塔正發出安靜的哼嗚。

他輕輕吐了一口氣，同時放鬆下來，決定慢慢談。這是一開始精神科診療時常用的手法。

「就用這隻吉娃娃是第一隻被送到我們精神科病房的小狗吧？」

「用這個做為飼養的理由嗎？」

「是。」

彌生哼了一聲當作回答，看著吉娃娃。

校舍後面聽得到野獸吼叫的聲音。藤代的目光轉向走廊盡頭緊閉的大門，想像門後面有隻大獅子在黑暗中緩步來回。動物園般的野獸氣味，再次強烈的撲鼻而來。

彌生沉默地注視著吉娃娃好一會兒。

「最中＊。」

她像是宣告診察結果似地說道。

「什麼？」

「這隻狗的名字，就叫做最中。」

彌生說完，第一次笑了。帶著嘲諷的笑，好像在說：**自找麻煩**。

藤代覺得那笑容真美，她像折起修長手腳般蹲了下來，輕撫吉娃娃的眉間。

「如果菲律賓女人不來領走的話，我們就大家一起養牠吧！」

＊注：最中，一種日本甜食，是將糯米粉溶於水中桿成薄皮，放入模型中烤製成型，最後再將紅豆餡填入烤好的外皮中。

彌生如此說道。

藤代低頭致謝，並告知自己還會來看最中。「隨時歡迎。」她笑道，然後抱起吉娃娃。

最後，菲律賓女人再也沒回來，吉娃娃成了最中。

藤代休息時間經常往獸醫系跑，餵最中吃飯，也和紅豆餅、大福一起玩。其實，他最想見的是彌生，但她總是關在動物醫院裡，來校舍時大多已接近深夜。所以工作結束後繞到校舍，偶爾能遇到彌生。

有天晚上，藤代和最中玩耍完，打算回家時，彌生背著大行李從動物醫院出來。

「這是要帶回家的工作。」她認出藤代便苦笑道。

藤代拿起彌生的行李，疾步往車站走。終電時間就快到了，走到最近的地下鐵車站，是平緩的下坡，他倆相依著走在只容兩人通行的窄小人行道。儘管是深夜，但路上車輛絡繹不絕，令人體會到這條路的主角是汽車，人行道狹窄也是不得已。

每當兩人的手互相觸碰時，藤代就像要蒙混什麼似的，把行李重新往上提一下。他側眼瞄著彌生，但對方並不介意的樣子，凝視著往地下鐵的指標邁步前進。

「藤代，你沒有女朋友嗎？」

走到地下鐵入口的同時，彌生問道。她比藤代大三歲，知道這一點後，便開始直呼其名。

「為什麼？」

「你是說我為什麼想知道嗎？」

「嗯，是啊。」

「因為我身邊有很多想交男友的女生。」

「哦……原來是這樣。」藤代不想被她看穿小小的沮喪，笑著坦白：「很遺憾，我很久沒有女友了。」

「為什麼呢？你又不是沒人緣的那一型？」

「如果知道為什麼，問題早就解決啦。」

「嗯——，很單純的精神科醫生嘛。」彌生喃喃道。「有個學妹喜歡這種麻煩的男生，下次介紹給你好了。」

彌生說完，就像個耶誕老公公，抱著大行李走下地下鐵月台了。

目送著背影，藤代有奇妙的預感：**也許會和她交往**。

與小春分手後，有六年時間藤代沒交過女友。有些時期也曾出現過類似的女子，但結束後回顧，發現彼此都只是為了打發時間而交往。

久未品嚐的食物，連滋味都會忘了；同樣的，藤代已完全忘了戀愛時自己曾如何的心動過。

然而，此時的他很清楚的感覺到，自己和六年前一樣心動。

某個星期六，藤代和彌生兩人去看電影。

銀幕正播放著法國與義大利合作拍攝的電影，據說是彌生學妹想看的片子。描述一位夢想成為無氧潛水世界冠軍的孤獨潛水家，他所愛的女人與海豚的故事。

這部電影二十年前上映時，在全世界各地都十分賣座，這次趁著數位修復版的完成而再度上映。享受了三小時猶如在大海中悠游般的搖晃和舒適後，開始跑片尾名單。

但是直到最後，「喜歡這種麻煩男生的學妹」都沒有出現。

在有樂町鐵道橋下某熱鬧的內臟燒烤店內，彌生一邊喝酒，一邊向藤代說起學妹沒來的原因。每說一句，她就會氣呼呼的嘆一口氣。啤酒箱上鋪著塑膠布搭成的陽春桌子放著一只碗，燉爛的豬內臟盛得快滿溢出來。

「我想介紹給你的學妹，還是個新生。在她的歡迎會上，大家一起喝著酒時，出現了一點爭論。說的是動物到底具有多少如人類的感情。」

彌生拿起相較於她嬌小手掌而顯得太大的啤酒杯，喝了一口啤酒。

「是指快樂或傷心那一類的嗎？」

藤代也拿起同樣大小的啤酒杯反問，但杯子裡裝得不是啤酒，而是highball*。

「對對對，然後又聊到愛情。」

「是嗎。養動物的人常常會說呢，狗和貓也有那種感情。」

「那只是把動物擬人化罷了。動物只有學習行為，那和愛情是不一樣的。他們想吃食物，想得到疼愛，因而採取某些行為。但人類卻自以為是的把它解釋成故事。」

「故事嗎？」

「就獸醫來說，將人類的感情代入動物中，多數是不太好的。但是，那個學妹冷不防說了，她認為動物還是有戀愛感覺的，我們人類不能擅自否決它。」

「她怎麼會突然這麼說呢？」

「也許她受到身邊比較有靈異感應的人影響吧。不是常聽說，因為愛動物而走火入魔，變得有些異常。說到最後，她哭著說，你們都不了解啦。」

＊注：highball，是一種烈性的雞尾酒，由威士忌及通寧水或蘇打水混合而成，再加入冰塊。

彌生用竹筷夾了幾片生薑絲放在內臟上。

「明明是歡迎會的場合，結果卻搞成這樣。」

藤代笑了，他也見樣學樣的把生薑放在內臟上。

「對呀。眼見氣氛再尷尬下去也不太好，所以我就打圓場說，哎，其實有這種想法也不壞，就此解散。我想即使如此，今天的約會她應該還是會來，沒想到被放鴿子了。」

彌生狠狠夾起內臟塞進嘴裡，又像灌水似把啤酒喝光。這應該是第三杯了。

「的確是有人相信感情的存在。」

藤代小聲地叫住店員，指著彌生的啤酒杯續點啤酒。

「說不定會出現人和動物結婚的事例。」

「真的有喔，我不是在開玩笑。有個女人就和海豚結了婚。」

「嗄？海豚？」

「嗯，海豚。你在Google輸入關鍵字就能找到。」

藤代在手機輸入「海豚　結婚」按下尋找，結果出現了穿婚紗的白人女子與海豚接吻的照片。

下面的報導指出，四十一歲的英國女子，在以色列的渡假區與海豚結婚了。女子叫莎隆，是個億萬富翁，海豚的名字叫辛迪。莎隆一年會去以色列數次，在水中與辛迪相處期間，愛上了「他」。於是某天，莎隆穿著婚紗，走到消波塊旁，在等在水中的新郎辛迪面前跪下。辛迪在同伴的陪伴下游到莎隆身邊，她將辛迪抱起說出誓詞，然後在觀眾的鼓掌喝采中接吻。

「這個很有意思吔。」

藤代咕噥道。

「是啊。」

彌生微笑附和。

藤代滑動頁面，下面陸續出現了與馬結婚的美國男性，與牛結婚的巴黎少年，與貓結婚的德國男人，與狗結婚的印度男人。

「人和動物之間，不會因為性格的差異，或價值觀的不同而爭執，說不定反而美滿呢。」

彌生自言自語似地說完，用毛巾擦擦嘴。

「不能溝通想法，說不定才能得到永遠的愛。」

藤代垂著眉表示同意。

幾個貌似觀光客的中年男子，鑽過門口代替大門的塑膠布走了進來，舉起掛在脖子上的數位單眼相機，啪嚓啪嚓地拍起照。就在這時，彌生無預警的表白。

「我要結婚了。」

宛如雨滴一顆顆落下。

「當然，不是跟海豚，是跟人。」

她說完笑了笑，然後重重的把啤酒杯放在桌上，似乎想藉此壓過小小地笑聲。

「恭喜妳。」

藤代別開目光，微微舉起裝了highball的啤酒杯。

胸口揪緊。它和當年看著遠處射出的煙火，小春向他告白時所感受到的柔軟溫暖很相似，也像是有人在他墮入深淵時拉他一把，將他救起的感覺。

「何時舉行婚禮？」

「今年冬天，只剩半年，但是什麼都還沒決定。」

「彌生小姐真是大忙人。」

「他只負責決定場地，婚紗和喜帖那些，我得全權負責。」

中年男人拍完所有紀念照紛紛就座，手指著沾了油光的菜單，一一點菜。隔壁相鄰的烤肉攤並列擺放著烤串，在團扇煽動下，炭火劈啪劈啪地爆裂，瞬間讓店內充滿了白煙。

「彌生小姐，妳現在幸福嗎？」

「我看起來不幸福嗎？」

「不會。」

「那就是幸福嘍。」

「有這麼說的嗎？」

「就是這麼說的呀。其實，我很怕幸福這個詞。因為它模稜兩可，也不是可以和別人比較的東西。」

「可是，我想，至少比起和海豚結婚要幸福吧。」

「還可以煩惱性格的差異，對吧。」

彌生哼哼的嗤笑起來，乾完第四杯啤酒的同時，轟聲巨響，電車急駛而過。

那一晚，彌生來到藤代的公寓。

在車站月台等電車的時間，聊起了今天看的電影。

「我至今沒看過什麼電影，覺得跟自己的人生沒有多大關係。」彌生說。

「就是沒關係才好看呀。」

藤代因而推薦了幾部。

刑警愛上與人類難以分辨的機器人、保險業務員借出公寓鑰匙讓上司偷情，偶像樂團貝斯手愛上自暴自棄的女人。電影的世界充滿複雜的愛情。

「現實世界也有類似的故事啊！想看看那些電影。」

彌生笑著說。

「出租店就有了。」

藤代回道。

「可是，我現在想看。」

她喃喃地說。

此時，兩人要坐的電車到達相鄰的月台。

「那麼下次再找機會。」

藤代說完便坐上每站皆停的普通車。

「是啊，那就下次。」

彌生也坐上快速列車。

凝視著電車車窗映出的蒼白臉頰，藤代暗忖著，**直接叫她來公寓不就行了嗎？**

可是，不管怎麼說，她半年後就要結婚了，這麼做沒有意義。她的人生已經有了結論了。

回過神，手機在振動，是彌生傳來的郵件。

——我還是想現在去，可以嗎？

她寫道。

——我在北口剪票口外等你。

他立刻回信。

在車站前的出租店，和彌生一起選了三部電影DVD。兩人並肩坐在電視前的沙發，喝著從便利商店買來的便宜智利酒，開始看電影。雖然沙發小到必須肩靠肩，但除了看電影外，並沒有進一步的發展。到第三部中間時，筋疲力盡的彌生倒在沙發上睡著，藤代輕輕為她蓋上毛毯，然後鑽進自己的被窩。

從此之後，每個星期六，彌生都會來藤代的租屋看電影。在站前的出租店租三部電影，兩人坐在小沙發上欣賞。

《城市之光》、《斷了氣》、《曼哈頓》、《新橋戀人》、《剪刀手愛德華》、《當哈利遇上莎莉》、《悄悄告訴她》、《墮落天使》、《成名在望》、《綠洲曳影》、《脫線痞子俏佳人》，電影的世界盡是複雜的戀愛，相對而言，他們兩人的世界十分純淨。

不過，思考身旁的她「在想什麼」的時間，對藤代而言，卻比電影更令他心動。

每次看完電影，藤代與彌生便會喝著紅酒討論電影中的愛情。他們彼此喜歡的事物總是不同，喜歡的角色、優美的音樂、精彩的台詞；但他們討厭的部分卻總是一樣，故作姿態的獨角戲、過多的電腦動畫、自戀的男明星。

藤代與彌生共有的是厭惡的事物，而非喜歡的事物。

這麼一想，自從與小春分手之後，藤代一直在尋找自己喜歡什麼，與彌生一起發現厭惡的事物後，藤代覺得自己好像找到了容身之處。

彌生的婚禮訂在幾星期後的星期六，藤代與彌生一如往常的去出租店租三部DVD，從深夜看到黎明。

那一天他們最後看的，是以動物園為背景的英國電影，描寫雙胞胎動物學家與一名女子相愛的奇妙故事。落幕時，天色已經亮起，平時看完電影後，彌生總是坐清晨的電車回家，但是那天，她說想去動物園。

「突然很想看看大型動物，」彌生的眼神清澈，一點都不像通宵沒睡的樣子，她對藤代說：「而且我想，今天是最後一次和你單獨見面了。」

藤代默默地點點頭。這一天終究是要來的，他早已決定，當這天來臨時會坦然接受。

郊外的動物園即使周日同樣人影稀疏，而且，不知為何感覺很侷促。他記得小時候父親帶他來的動物園，比現在更大，無數的動物悠然其中。

難道是自己身體長大的關係嗎？還是因為這家動物園的規模比較小？

「總覺得和那部電影的感覺很像。」動物園入口旁的檻舍裡，一隻大猩猩一直在同個角落來來去去，彌生凝視著牠說：「藤代，你知道大猩猩的血型全都是B型嗎？」

「不知道。所以牠們才會動不動就生氣嗎？」

「你這句話，等於跟所有B型的人為敵喔。」

「不過，果然厲害。」

「厲害？」

「成為獸醫之後，不論什麼動物都瞭若指掌。」

「沒有啦，是這裡寫的嘛。」

彌生邊說，邊將手指向檻舍旁的看板。看板上畫著大猩猩捶胸的插畫，下面寫了幾則「小百科知識」。出生地在荷蘭，十九歲，雄性，性格溫馴。

「我的專業是小動物，對大型動物不太熟悉。」

「啊，原來是這樣。」

藤代驚訝的同時，依然在同個角落來回的大猩猩打了個呵欠。

兩人徐徐在動物園走了一圈，互相發表各自的「小百科知識」。像是熊貓的尾巴是白色的、河馬的汗是紅色的、長頸鹿每天只睡二十分鐘、蛇有耳朵但是聽不見。

雖然知道這是兩人共渡的最後一天，但也只是一直欣賞動物，說著言不及義的話。

「真奇妙。」

「什麼？」

「相反了。」

「相反？」

「是啊，我們以為動物園是人類觀賞動物的地方，但是，當上獸醫之後再來動物園，會覺得這裡成了被動物觀察的地方。」

待在水泥和鐵柱圍住的檻舍裡，動物們像是紙紮的玩偶般動也不動，只轉動著眼珠盯著經過的人們。在藤代看來，牠們的眼中沒有思想意志，只剩下習慣。唯獨和獸醫系校舍同樣的野獸氣味，讓人感受到那地方的生命力。

「彌生，妳是從動物的觀點來看的吧。」

「可能跟工作性質有關。」

「不知道從動物的眼光，我們人類是什麼德性？」

藤代望著從鐵檻伸出長脖子望著他的長頸鹿。

「你們看來比我們更無聊啊。」

彌生配合著長頸鹿嘴巴吃草的動作，帶著嘲弄的口氣說。

「是這樣嗎？」

「是啊。雖然身在鐵檻外，但彷彿一點也不自由。」

長頸鹿可能不喜歡彌生配的旁白，放棄了吃草，往鐵檻的後方走去。

在動物園繞了一個小時，藤代與彌生在動物園中央猴山前的長椅坐下休息。

「好熱！」

彌生說著，解開了圍巾。隨著花香露出細白的頸項，與野獸氣息恰成對比，藤代不自覺地撇開眼光，把外套釦子解開。

走了許久，身體完全暖了起來。藤代在長椅旁的自動販賣機買了礦泉水和冰紅茶，遞到彌生面前。

「藤代為什麼會想當精神科醫生？」

選擇冰紅茶的彌生問道。

猴山上，大大小小的日本猴不是在睡覺，就是在理毛。聽說，在猴子的世界裡，有很多細微的規矩；但在藤代的眼中，它卻像個沒人統治的村落。

「六年前，我和交往的女友分手，退出所屬的攝影社，專心苦讀，沒來由得覺得自己擁有的只有這門專業了。不過，在選科的時候，我沒注意到精神科裡怪異的人會這麼多。」

「真的全都是怪人呢。」

「沒錯，像是割手腕自殘的學長，或是得失眠症的同學。」

「醫生本來就是在極限狀態下維持平衡的人啊。像我這個人，本來就很容易方寸大亂，所以才會冷眼看世界，只是用堅強的意志力守住瀕危的自己。」

「也許我也是，說不定哪裡已經不正常了。」

「不過，你看起來並沒有不正常。」

彌生說著，喝了一口冰紅茶。

「來我這兒看病的患者，也都說自己很正常呀。」

藤代回答。眼下一隻小猴追著另一隻小猴打轉，在水泥地上畫成褐色的圓。

「那麼，你覺得自己哪裡不正常？」

「這個問題，我最近也經常在想。」

「有答案了嗎？」

「很含糊。」

藤代注視著褐色的圓，繼續說道。

「可能一直找不到自己想要的東西吧。沒有任何事能讓我執著。」

「從以前就這樣嗎？」

「也許是吧。和女友分手之後，一直有這種感覺。不對，說不定我生來就一直習慣這樣，只有和她交往的時候比較特別。」

聽到橡膠摩擦水泥地的尖銳聲音，藤代抬起頭，定睛一看，兩人坐的長椅前面，有個年輕男子穿著鮮豔的藍色工作服，腳上穿著白色橡膠長靴，頭頂隨意綁著毛巾。大概是管理員吧，他的兩手提著裝滿蘋果的白鐵桶。

「你愛她嗎？」

看著豔紅熟透的蘋果，彌生問道。

「應該吧。但是，我放棄了。」

「自己放棄？」

「對。看著她漸行漸遠，卻不想抓住她。」

猴群認出管理員，一湧而上的跑到柵欄邊，一齊仰著頭，等待從天而降的蘋果。

「我們兩人只去國外旅行過一次，去印度最南端一個叫科摩林角*的城市。本來打算去那裡看日出，結果什麼都沒看到就回來了。」

「為什麼？」

「我也不知道為什麼。現在想想，其實可以多待幾天的。但那時候的我相信，反正隨時還可以再來，也堅信這份愛情會長久不變。儘管沒有任何保證。」

「不論什麼樣的戀愛，都是這樣的啊。」

彌生望著仰頭等待吃蘋果的猴群，藤代打開礦泉水瓶蓋，喝了一小口，緩緩環顧動物園。無數的動物在檻舍內，像在追求什麼似的不停走動。

動物們也有命定的對象嗎？他們會相信某天的邂逅非比尋常，而與對方交媾嗎？

「真是奇妙，戀愛這種情感，基本上，總有一天一定會到達終點。」

「這也算是一種麻煩的本能吧。我總是愛上了誰，然後分手；之後再交往，又再分手。明知一定會走到悲傷的結局，但還是重蹈覆轍。在這方面的學習能力，恐怕比這裡的動物還差吧。」

「可是，彌生妳不是要結婚了嗎？」

「對呀，結了婚也許就能終結這種重蹈覆轍吧。」

「我真羨慕妳，能找到讓妳想結婚的人。我的本能好像已經壞掉了，那方面的心情也消失無蹤。」

＊注：科摩林角（Cape Comarin），印度半島的天涯海角，旅遊勝地，以三面環海，海水三色而著稱。

「消失了嗎？藤代，你怎麼證明你當時愛過她？也能確定她愛過你？」

驀地，他想起咖啡的照片，小春帶著哀怨拍過的許多咖啡。杯裡滿溢的焦褐色液體中，像要追趕藤代的記憶般，浮現小春一張張的攝影作品。浮在暗淡天色中的橘色雲朵、又哭又笑的孩子、映照在雨中十字街頭的陽光、淡色世界裡自己歡笑的側臉。

「……我和她可以共享許多喜愛的事物，覺得開心、快樂、美好的事物。」

「我也有過只是喜歡同樣事物，就能感到命運或幸福的時刻。」

「但是，卻在自己還未察覺時便已翻轉了。」

「翻轉？」

「對，也許就像攝影的負片一樣。隨著年紀漸增，越來越想探索對方最隱藏的部分，而那些隱藏的部分，大多也是那個人最軟弱的部分吧。」

管理員把桶裡的蘋果拋進柵欄內，畫出好幾重紅色的拋物線，降落在猴山中。猴群瘋狂似的聚到蘋果落地處爭相搶奪，紅色蘋果一個個裂開，露出白色的果肉，甘甜香氣，微微飄送過來。

「這種傾向有點像神經衰弱。兩個人如膠似漆地待在一起，卻一張張掀開蓋住的牌，尋找和自己相同的部分。不管是美好的，還是軟弱的。用這方法猜測，她會不會漸漸愛上別人。」

「不過，從女人的角度來看，男人的牌經常少得令人失望。男人隱藏的部分都很淺薄，總之，可以用的牌數也少。這麼一來，牌局就打不下去了。把牌全部掀開之時，免不了會擔心還有下一場牌局可以玩嗎？」

彌生注視著眼下猴群們的爭鬥，猴子從猴山中蜂擁而出，伸長了手臂你推我擠，然後散去，那模樣看起來就像是褐色的大怪物時脹時縮。

「妳愛妳的未婚夫嗎？」

「大概吧。」

「幸福嗎？」

「藤代，你又問相同的問題。」

「對不起，妳說的沒錯。」

「至少我並沒有不幸福。」

彌生斜眼看著藤代笑著。

藤代目不轉睛的凝視著她的側臉，緩緩吐出氣息。

「可是，彌生，妳看起來好像並不幸福。」

他坦誠地說道。

彌生用淡褐色的眼眸望著藤代，沉默了片刻。幾秒鐘的靜默後，她冷不防站了起來，走向管理員，然後拜託困惑的管理員分一個蘋果給她。交涉之後，她得到了一個蘋果，然後轉過來向藤代大喊。

「我們現在來打賭！」

藤代被彌生突然的舉動嚇到傻住，管理員也一臉困惑地左右張望，猴子們又圍上來想要更多的蘋果。

「我們來打賭，這顆蘋果會被哪隻猴子吃了。」

彌生不在意周圍的眼光，繼續說道。

「好，那我們賭什麼？」

在彌生盛氣凌人的氣勢下，藤代小聲地回應。

「如果我贏的話，下星期我們再繼續見面。」

她把蘋果丟向空中，然後抓住它說道。

「如果我贏的話呢？」

「我就不再見你。怎麼樣？」

「這打賭感覺滿傷感的。」

「對，很傷感，但是很不錯吧？」

「這麼重要的事交給猴子來決定，真的好嗎？」

「那麼，你覺得用什麼事來決定比較好？」

「有道理，也許讓猴子來決定才適得其所。」

心在顫抖，笑意湧了上來，真像彌生的作風啊。堅定不移的眼神，調皮微笑的芳唇，飽含著熱切情感卻冰清通透的聲音。

就在這個時候，他才體會到她的這些魅力，正是自己所渴望的。

彌生細白的手指如鷹爪般抓緊了蘋果。在那彷彿抓緊了未來的手指中，蘋果正散發出紅色的光輝。

次週的星期六，彌生退了婚約。

那天稍晚，她來到藤代的租屋，從那時起的三天三夜，兩人如同被大浪吞噬般，在漩渦中合而為一。他們拋開了工作，也不看電影，連食物都沒怎麼吃，只是一味的做愛。

第三天的深夜，兩人從偶然打開的電視中，看了一部義大利老電影。一名粗魯的江湖藝人贊巴諾，買下純樸少女傑索米娜當他的跟班扮演小丑，贊巴諾雖然愛著傑索米娜，卻對她十分粗暴。不久，他便拋棄了心智脆弱、成為絆腳石的她，獨自離去。幾年後，贊巴諾在海邊的小鎮遇到一位女子，嘴裡哼著從前傑索米娜唱過的歌。**傑索米娜在哪兒呢？**他問。女孩說，**她死了**。贊巴諾走到海邊蹲在沙灘上哭了起來。

藤代在小床上擁著彌生看電影。在藤代的臂彎中，彌生哭了，那姿態看起來像是傷心，但又像充滿了希望。

「贊巴諾並不是想念傑索米娜而哭的吧。」

彌生掛著兩行淚，繼續說道。

「得不到手的，才會一心一意的愛著。」

有道理。藤代本要開口，卻沒說出來。

只有一個方法才能讓愛永存，那就是得不到。只有自己絕對擁有不了的事物，才能永遠的愛它。

藤代心想，就是從此時開始，他第一次和彌生分享美好的事物。

那是三年前的十一月。

十二月的小孩

橢圓型的飛行船，飄浮在藍天。

機身畫了一隻抱著大大愛心標誌的白狗，這隻受到美國民眾喜愛的狗明星，閉著眼睛微笑，嘴巴親吻著紅心。林立的摩天大廈，在陽光的照射下熠熠生輝。飛行船越過大樓的上空，緩慢的速度超出藤代的想像。

藤代從高層公寓的餐廳，眺望著毫無現實感的景色。窗欄切割出的世界，宛如電影的一景。

小純坐在他家餐桌的對面，盯視著藤代，彌生不在家。

「姊夫，接下來你打算什麼辦？」

小純露出微笑，白色高領針織衫搭配粉紅寬襬薄裙，隆起的胸前，仿四葉酢漿草造型的白蝶貝項鍊在搖晃。

「總之，只能想辦法找。」

喝了一口白色馬克杯裡的咖啡，藤代喃喃地說。黑巧克力的香氣飄蕩在空間裡，只有那苦澀的味道勉強提醒藤代，這裡是現實。

「婚禮呢？」

「暫時先維持這樣。」

「喜帖什麼的都寄出了喔。」

小純事不關己的笑起來，藤代不禁也想陪著笑，好不容易忍住了。連這種時候都想配合別人，是精神科醫生的習慣嗎？還是自己與生俱來的資質呢？連他也搞不清楚。

彌生沒有回家已經過了一個星期。

上星期五的晚上，彌生突然不見了。衣服、皮包都留著，只有人從家裡消失。

——妳在哪裡？什麼時候回來呢？我很擔心，至少聯絡一下。

藤代傳了無數次郵件，也打了電話，可是音訊全無。打電話到她辦公室，對方只告訴他彌生請了長假。

伍迪．艾倫看著藤代不知所措的在客廳踱步，也不斷地吵啞低吼。

昨晚，藤代打電話給婚禮顧問，暫時取消了週末約好的會面。照理說，這次應該要對四個月後舉行的婚禮，做最後階段的確認。掛掉電話後，藤代聯絡了小純，因為除了她之外，沒有別人可以商量。

「對不起，我真的沒有線索。」

看藤代依然沉默，小純改回正經的表情說道。

「沒關係。我才該向妳道歉，突然把妳叫來。」

藤代小聲回答。

「我覺得姊姊……老毛病又犯了。」

「又犯？」

「是啊。三年前，她不也犯了同樣的毛病？」

「啊，也對。」

「你忘了嗎？」

「沒忘，因為那次我也有責任。」

「不管做哪個選擇，姊姊都會逃走。」

小純喝了一口咖啡，杯緣沾上了深桃紅的口紅印。

「她總是在最後一刻逃走。她和大學時交往的男友，曾論及婚嫁，但也在婚期之前不見。所以這是第三次。」

「這我倒是第一次聽說。」

「啊，對不起，姊姊沒對你說過嗎？別擔心，她雖然會消失一段時間，但以前從來沒有不回來過。只是能不能和姊夫繼續走下去，坦白講，我也不知道。」
小純說完又笑了。
該對她的態度感到生氣吧？可是藤代自己也覺得滑稽，好像這是發生在別人身上的事。不是現實，而是不久後會醒來的夢。
「我想，責任在我。」
「責任？」
「我沒有認真的面對彌生。我必須找到她，和她好好談談，談談以後的事。」
「姊夫，你真的這麼想？」
小純緩緩向前傾，凝視著藤代，和姊姊同樣淡褐色的眼眸在發光。
「你真的打從心底希望她回來嗎？真的能說清楚自己哪裡做錯了嗎？因為我看起來，只像是用反射神經說些有口無心的反省詞句。」

一口氣說完後，小純瞇起眼睛。

藤代無法迎視她的眼光，於是把視線轉向窗外。飛行船飄浮在藍天中，抱著愛心的白狗，還在剛才的位置閉眼微笑，令人懷疑外面世界的時間難道停止了嗎？依然沒有現實感。

他找遍了整顆心的所有位置，也找不到或許會失去彌生的絕望和殷切想追尋她的心情。

「我想，姊姊還是逞強過頭了。雖然可以用理性掌控全局，但是總有一天，身體會趕不上它。」

小純注視著走廊盡頭說道。

藤代跟隨著她的視線，兩個臥室的門並排而立。從剛才開始，伍迪·艾倫感受到小純的氣息，便躲進彌生的房間裡不出來。

「大腦不敵身體？」

「姊姊肯定不懂姊夫在想些什麼。」

「我跟妳的事，彌生可能心裡有疙瘩吧。」

「姊姊知道我會和姊夫談什麼，也知道我們之間沒事。」

小純用拇指抹去杯緣上沾到的桃紅色口紅印，她的手指難得沒有塗上指甲油。

「真的嗎？」

「真的呀。不過，我的確對姊夫有興趣，這跟我姊沒有關係。因為，從第一次見到姊夫開始，我就猜不透你在想些什麼，所以才想試看看，你真正想要的是什麼。」

小純看著窗外，吃吃地笑了，隆起的胸前四葉酢漿草又再度搖動起來。浮在空中的飛行船，好像也移動了一點點。

「不過，已經玩完了。」

「什麼玩完了？」

「我不能做了。」

「怎麼回事？」

「懷孕五個月。」

小純把手輕輕靠近肚子，好像舞蹈的動作。

「嚇到了嗎？」

「恭喜。」

藤代凝視著沒塗指甲油的手指笑道。

「和姊夫吃壽司回家之後，我和松尾先生來了場睽違四年的做愛。也許是我喝得太醉了吧。回到家，隨便脫了鞋子，澡也沒洗，衣服也沒換就爬上他的床，讓他脫了我的衣服順其自然。松尾先生大吃一驚，問了好幾次，妳很可愛，可以嗎？真的可以嗎？於是，我莫名的充滿了憐愛，把他全身上下都親吻一遍。他顫抖地哭著說，太爽了。大概撐不到三分鐘吧，馬上就結束了。為什麼會演變成這樣子呢？我自己也不太明白……可能是必然的結果吧。」

小純撫著肚子笑了起來，白皙的臉頰泛起紅暈，她的肚子隆起成平緩的弧度。

「如果我說：『太好了。』不會冒犯妳吧？」

「當然不會嘍。」

小純點點頭。

「以前我以為愛是可以分割給很多人，我對大家都同樣的喜歡。可是，這次好像終於找到不能分割給別人的愛。這孩子一定會成為我的命運之人。」

像是對著腹中之子說話般說完後，小純緩緩看向窗外，藤代也跟著她往外看。

飛行船不見了。宛如神隱一般，完全消失了蹤跡。是上升了，還是急速前進了呢？他四處張望，卻遍尋不著。失去飛行船的世界，彷彿突然回到了現實。

藤代茫然地望著金光燦爛的摩天大樓發呆。這時，遠處的圓筒型高塔後方，慢慢露出了飛行船的身影。

「原來藏在後面啊。」

小純喃喃道。

「根本不是突然消失嘛。」

藤代苦笑，啜了一口咖啡。咖啡已經冷掉，帶著微微的苦味。

藤代和小純只是靜默地凝視再次失去現實感的、虛構般的世界。

✤ ✤ ✤

「不要！我要走了！」

瘦削的青年猛然站起來大叫，他像孩子般哭泣，搥打診療室的牆壁，把椅子踢翻。

藤代默默地走上前，按住他的雙臂，奈奈自後方抱住他。

「幹嘛！我要走了啦！」

青年扭動著手腳，倒在地板上不斷掙扎。

聞聲而來的護士們魚貫進入診察室，瘦削青年睜大了眼睛，宛如看到妖怪一般。突然他的力道猛然加大，掙脫了藤代按住的手，雙手自由之後便四處揮動，咚的一聲，他的拳頭擊中奈奈的臉，她的身子彈起，整個人倒在地上。

「對不起，沒能壓制住他。」

結束外科診療，藤代來探問躺在醫師床上的奈奈。

「沒事，是我一時疏忽了。沒想到三好先生會神智不清到那種地步。」

「因為他最近都很平靜，我也大意了。」

藤代檢查奈奈的臉頰，紅腫了一片，幾天後可能會變成瘀青吧。

「既然做這種工作，我早有心理準備，請不用擔心。不過，藤代醫師最近有點不太對勁。」

奈奈用深邃的雙眼看著藤代。

「不對勁？」

「像是焦點對不準的感覺。」

焦點哦。藤代嘆了一口氣。

他沒有對奈奈提起彌生的事。雖然她知道未婚妻是獸醫，但其他什麼都沒說，當然，她也不知道彌生不見了的事。

話說回來，光是解決病人的複雜人生，就已經耗盡我們的精力了。藤代心想。

「上次之後，還在幫朋友做諮商嗎？」

「妳是說那個被未婚妻妹妹誘惑的人？」

「對、對，就是他。」

「後來怎麼樣了？」

奈奈坐起身，追問「朋友」的後續故事。

「那個妹妹好像懷孕了。」

「也就是以非常現實的形式失戀了？」

「算是失戀嗎？不過，也鬆了口氣。」

「或許是呀。」

「那位妹妹好像說，肚子裡的孩子是她的命運之人。」

「命運之人啊。」

「她說，她可以毫無疑問的相信，這孩子絕對會愛她。」

「孩子和男人們不同，不會隨便就說分手。」

奈奈把身體靠在床欄上。

「甚至還說出，她找到了不能分割給別人的愛。」藤代說完，又補充了一句，「不過好像對寶寶期待太高了。」

「但她說的話也不難理解。」

「怎麼說？」

「想要相信枕邊人是有困難的嘛。」

聽到直升機在大樓上方飛過的聲音。傍晚的醫院，是最為寂靜的時光，除了偶爾有廣播在大樓內響起之外，聽不見人的聲音。窄小的醫師用病房，只有奈奈低沉清晰的聲音，和直升機的螺旋槳聲。

「想要吸引別人注意的時候，人會變得無比溫柔、充滿魅力，但那只是一時的。得到之後，溫柔就會變成膚淺而不負責任。」

「妳這嚴厲的口吻一點都沒變啊……應該有人不是這樣的吧。」

「絕大多數人的目的，都是為了獲得別人的愛，而不是去愛人。」

「確實是這樣，」藤代苦笑繼續說：「我無法否認。」

「而且只要對方的心意稍有不足之處，就會把它當成『他不夠愛我』的證明。不論男人或女人，都把自己溫柔的行為，和想被異性喜歡的願望，與真正的愛情混為一談了。」

奈奈把雙腿從床上放下來，赤腳穿上塑膠拖鞋，走到窗邊。從醫院大樓窗口看出去的曲折道路正在塞車，車道密密麻麻的填滿了車輛。在濃濁的橘色夕陽照耀下，變成影子的車輛一律染上了黑色，看起來就像一條扭曲的黑色大蛇。

「因為，真正的愛並不是那樣。」

「若是真愛，應該會表現得更不體面、更笨拙。」

「可能是吧。」

「就因為男人只想給她表面的愛，所以她才把孩子當作命運的人。」

奈奈冷冷地說，彷彿有感情對她而言是一種罪過。

「那位小姨子可能認為無法經由性愛來檢驗愛情吧。的確，從性愛中並不能了解它到底是否包含了愛。」

「而且直到最後，也無法確認彼此的心意是否相同。」

排列在曲折道路上的車輛漸漸動了起來，在奈奈的眼中，那條車輛的行列看起來是否也像條黑蛇？

「我朋友的未婚妻好像逃婚了。不知是不是發現了朋友和妹妹的事？應該沒有才對。」

「也許她看穿了你朋友並不愛她？」

「或許吧。」

「自作自受。」

「嗄？」

突然間，奈奈用清澈的嗓音低喃著。

藤代不自覺地回應。

「啊，對不起。」

奈奈微微欠身。

「自作自受。」藤代也跟著念，臉頰變得僵硬起來。

「因為剛才說的並不是朋友，而是醫師你自己的事嘛。我早就知道了。別以為我年輕，我也是卯足了勁在工作呢。」

果然厲害。藤代很想誇讚一番，但說不出口，只露出一抹笑容做為代替。

這時，奈奈像是想起什麼似的，幽幽凝視著藤代。一股瀰漫在醫院的消毒水氣味，突然撲鼻而來。

「醫生，你知道我為什麼沒辦法和男人在一起嗎？」

「為什麼？我完全想不出來。」

「因為，我也是……自作自受。」

奈奈緩緩回到床邊，坐在角落，繼續說道。

「原因出在我的病人。」

「你是說移情作用嗎？」

「也許真的只是移情作用。但有一點可以確定的是，自從認識他之後，我就再也無法愛別人了。」

奈奈說完開場白後，開始娓娓道來。她並不像是在說給誰聽，反倒是自我的心情梳理。

藤代看著她的側臉，雙眼皮下的深邃眼眸微微顫動著。

在奈奈剛成為精神科醫師的時候，她在京都的醫院治療一名有厭食症的高中生。那個少年有著白裡透紅的肌膚，栗色的頭髮，和長了丹鳳眼的清秀五官。他每隔兩天來就診一次，對自己的身體和生活無話不談。像是不知道該吃什麼才好、長期失眠睡不著、學校很無趣等，但總是裝著快樂的樣子。還有父親外遇多年，母親雖然心痛，但仍然裝著沒這回事一樣生活。

「醫生，你是我最後的堡壘，」少年說，「因為有醫生在，我才有了勉強活下去的意念。」

奈奈全力接受少年的心意，潛心於治療。當時，她本有個交往兩年的內科醫師男友，但漸漸不再期待與他相處的時光，便分手了。由此可知，她是多麼堅持想幫助少年。

然而，出乎意料的，奈奈接到了調職通知，她將轉到期望已久的東京區醫院。那天，她幾乎徹夜難眠，一想到那個少年，驚醒過好幾次。

她反覆思索著自己的心意：**我對那男孩抱著什麼樣的感情呢？**煩惱之餘，她決定接受調職。因為她最害怕的是，再這樣下去恐怕會無法控制自己。

一口氣說到這裡，奈奈輕輕碰觸自己臉上的傷。大概會痛吧，微微皺了一下臉，但她還是用細白的手指繼續搓著紅腫的地方。

「我告訴那孩子，我要調職了。他沉默了片刻之後，流下淚來說：『以後我該怎麼活下去呢？』淚水潸潸地流下瘦削的臉龐。他顫抖著反覆喊著：『救救我。』坐在他面前，我感受到心在發燙，那是從來沒有感受過的熱流，也許是一種接近性的欲念吧。我有一股衝動，恨不得將他緊緊抱住並親吻他。對一個生病的少年產生性欲，我是瘋了嗎？還是那只是一種單純的感情？這兩種想法在我心中激烈的擺蕩。最終，我還是沒有擁抱他，連身體的碰觸都做不到。該怎麼形容那時候的感情呢？我直到現在也不知道。」

如果那不是愛的話，那麼什麼樣的感情才叫愛呢？

小春、彌生和小純，以及眼前正在說話的奈奈，她們的表情掠過腦海，在愛情方面的多樣性和殘酷，她們都令他驚訝，將他擊潰。

奈奈的選擇並沒有錯，身為精神科醫師，她做出了專業的判斷。捨棄自己的愛，試圖守護病患的少年。

看向窗外，太陽已西沉，黑暗逼近，曲折的馬路依然車水馬龍，亮著紅色車尾燈的車陣，宛如另一種生物般開始彎曲起伏。

「直到最後，我和那孩子都沒有超過醫師與病人的關係。目送他走出診療室離去的背影，一回神，我的淚水奪眶而出，全身癱軟，哭得幾乎快要窒息。從此之後，我便不能再接觸男人了。好幾次，我都想接納對我有好感的人，但不管是身體、心理，無論如何，都無法允許男人的碰觸。後來我領悟到了，因為我已遇見了生命裡的唯一，那孩子太特別了，令我無法再有其他選項。之所以不能和其他男人在一起，一定是因為在我心裡，除了他之外，所有人都如出一轍吧。」

說完後，奈奈大大吐了一口氣，倒在床上，陶器般白淨修長的手腳，無力的伸展在床單上。

藤代思忖著，它們撫摸起來，會是什麼感受呢？但最終還是沒有伸出手去。

藤代看向窗外，一對高挑的男女並肩走在小徑上，他們互相挨著，急步快走。這幅景象似乎在哪裡看過？

注視了一會兒，那對背影變成了三年前自己與彌生的樣子。當時，我和她往同一個車站走去，朝著前方，腳步急促。那段時光確實存在過。

「為什麼我們能夠治療別人的病，卻無法解決自己的問題呢？」

藤代看著奈奈的側臉問道。

「不只是精神科醫生啊，藤代醫師。不管什麼樣的人，對於他人的問題都能給予適當的建議，卻沒辦法解決自己的問題。」

奈奈盯著天花板說道。

「尤其是關於愛情吧。」

藤代點點頭表示認同。

「嗯，不過……有沒有解決別人的問題，也很難說。」

「什麼意思？」

「這是常有的事啊。身邊的女性朋友為婚外情而煩惱，所以大家就會你一言我一語的建議。那種事只是浪費時間，還是放棄吧。」

「嗯，很常見。」

「他們的建議可能是『正確答案』，可是並不能拯救陷於煩惱中的她。」

「的確是連人工智慧都能解答的答案。」

「是的，但它無法拯救人類。」

「這麼說來，我們的工作還是鐵飯碗吧，不會被人工智慧搶走。」

「真是好消息。」

門突然開了，穿著白袍的年輕醫師走了進來，自然捲的頭髮，配上混血般的深邃五官，看起來很面熟。他是今年才到這家醫院的年輕外科醫師，可能剛剛做完手術，想來這裡小睡一下吧。

他看到躺在床上的奈奈，和站在一旁的藤代，「啊」的輕呼一聲。

「對不起，我待會兒再來。」

留下這句話後，外科醫師趕忙關上門離去。

「該不會是被懷疑了吧。」

奈奈忍著笑說道。

「搞不好是喔。」

藤代隱忍不住噗哧笑了出來。

「但是，怎麼辦好？」

「我去向他解釋，只是誤會一場？」

「無所謂。反正所有的戀愛都與誤會類似。」

「戀愛之所以永遠感動人心，是因為超越人類智慧的關係嗎？」

「所以才有趣呀。因為人類這種生物，對自己不能想像的事物才會感動。」

「我們就是因為不能解決自己的問題，才選擇這個工作吧。」

「又是醫病一家親的論調嗎？」

奈奈從床鋪坐起身說道。

「精神科醫師這種人，自己或多或少也是病患。絕大多數的精神科醫師都很神奇的，會選擇與自身問題相同的領域，診治與自己相似的病患。說不定我們看似治療他人，但其實只是想治療自己。」

藤代得意地笑了起來，繼續說道。

遠處的電話鈴響，應該是急診的呼叫吧，鈴聲像在求助般響了五次、六次。藤代靜心聆聽，七次、八次，可是沒有人去接。

「今天我想早點下班了。」

一回頭，奈奈已經站起來，把衣架上的黑色長大衣穿上。

「明天休假吧？你的臉還是腫的呢。」

「不，我會出勤，還有要看診的病人。」

「不用勉強自己啦。」

藤代朝著走向門口的奈奈說道。

這時，她驀地站定，回過身來。

「藤代醫師，謝謝你。」

「謝什麼？」

「今天是我第一次把那件事說出來，我一直沒有對別人說過。」

奈奈啞著聲音繼續說道。

「我本來決定，一輩子都要藏在心裡的，但是，能對醫師你說出來也很好。讓我體會到，早在我發現之前他就已經過去了。」

說到這裡，奈奈受傷的臉露出微笑，可能是感到疼痛吧，姣好的臉龐歪了一下。

「醫生，你也要和未婚妻好好談談才行。」

留下這句話後，她便關上門離去。

等到留意時，電話鈴聲已經停了，也許有人接了，也許打電話的人放棄了，但求救的氛圍，好像還留存在醫院裡。

那天晚上，在車站前的家庭餐廳吃完晚飯的藤代，又在超商買了東西後回家。麵包、牛奶、蛋、番茄、衛生紙和垃圾袋，兩手塞滿的狀態下，費了好一番力氣才從信箱裡拿出郵件。打開門，將鞋子踢掉，走進餐廳，把傳單和信丟到桌上。除了新建大樓的廣告、電費繳費通知單之外，還有一封紅藍白鑲邊的國際郵件。信封上的郵票畫著彩色的水果，蓋了陌生文字的郵戳。

——藤代俊先生收。

用藏青色原子筆書寫的文字，毫無疑問是她的筆跡。

一月的碎屑

我在遠離東京的地方，寫了這封信。

走在陌生城市的熱鬧街道上，回想起那時候的心情。

決定與你結婚那天的心情。

那是個炎熱的夏天。

商店街舉辦著夏日節，攤販林立，人潮擁擠。

我們買了晚飯的食材，撥開人群往前走，紫色的夜空放起小小的煙火。

煙火真是不可思議的東西啊……

注視著煙火兩次、三次升起時，你突然說道：「我們幾乎不會記得煙火的形狀，是什麼顏色，可是只要有人陪著一起看，就會有些感受留下。唯有讚嘆煙火美麗的心情，會鮮明的留在心底。」

你說完，開心地笑了。

接著好一會兒，你立定在人群之中，仰頭欣賞煙火，而我則注視你的側臉。

就在這時，你回過頭看著我說：「跟我結婚吧。」你說：「我希望兩手拿著塞滿青菜的購物袋時，妳一直在我身邊。」

那時候，我和你都能碰觸到彼此的愛。

共同擁有幸福的感覺。

待在這個城市，我有種被一切拋棄的感覺，好像這個世界已經不再需要我這個人了。

但是，我還能忍耐獨處時的孤獨。

曾經存在於我倆之間的東西，和現在失去的東西。

我們懶得去愛了，覺得麻煩了。
我們疏於累積、交流細微的感受。
再這樣下去，我們將無法繼續走下去。
我想找回失去的東西，即使它們只是剩下碎屑。

坂本彌生

二月的海

窗外單調無色的田園景致，山丘上出現被裁切出一塊田地，越過這座山，又是一片新的田地，每片田地都看不見人影，讓人陷入人們從世界消失的錯覺。

轉頭看向車內，車廂裡也和外面一樣，一個人影也沒有。這輛只搭載藤代一人的電車，無聲地前進。從東京出發時開始降下的雨，逐漸轉變為春雪。

在小車站下了車，海潮味飄送過來，提醒他今天的目的地是海邊。儘管車站一個人也沒有，圓環還是停了五台計程車。

「這裡的計程車到底是怎麼排班的？不會太多嗎？」

藤代坐進計程車向司機問道。

「這個鎮上很少有年輕人會開車，所以大家都坐計程車。去車站也坐，上超市也坐，簡直當腳踏車用呢。」

司機抓抓滿頭的白髮說著，呵呵呵地笑起來。

沿著海邊的路開了約十分鐘，看到一戶大宅院。下了計程車，走進棗紅色的大門，後方是一片橢圓形的庭院。

在細雪紛飛中，悄悄綻放著銀蓮花、山茶花、水仙和薺菜。其中有一株鬱金香等不及春天到來，混在冬花中綻放著紅色的花朵。

「謝謝你遠道而來。」在玄關處迎接藤代的，是兩隻三色貓和一位身材窈窕的女子。「我是打電話給您的中河。」

她帶著點口音自我介紹後，便領著藤代走進餐廳，一塵不染的桌上放著煎茶。

「彼此彼此，謝謝妳跟我聯絡。」

藤代邊鞠躬邊打量中河的臉。

臉部和頸項都刻著幾許深深的皺紋，深邃的黑眸藏著堅定的光芒，美麗的眼睛就像是面對過無數戰役的勇士。

「另外，也請喝了這碗湯。」中河將盛在木碗中、熱氣蒸騰的湯放在桌上。「這是義工每天幫我做的蔬菜湯，很好喝喔。」

「謝謝。」

藤代雙手合十後，拿起木匙喝了一口，番茄的酸味、洋蔥的甜味在舌尖上暈開。

「好吃。」他不假思索地說。

「太好了。」

中河笑開了眼。可可色的高領衫，配上寬鬆的長褲，外面套著白袍的她，穿著拖鞋拉開椅子，坐在藤代對面。

「藤代先生是醫生吧？」

「對，精神科醫生。在大學附屬醫院服務。」

「那麼，跟我這種蒙古大夫正好相反呢。」

窗外防風用的竹林，在冷風中搖晃，一名坐著輪椅的老先生緩緩地從竹林前穿過。

三天前的晚上，接到中河的來電。

中河說，她是從賓得士那裡打聽到藤代的聯絡方式，因為有些話必須直接告訴藤代。由於彌生離家出走，所以藤代對遠行有點抗拒。

「不能在電話裡說嗎？」藤代如此問道。

中河沉默了良久，從話筒的另一端微微聽得到海浪的聲音。縱然那個地方他從沒有去過，但那海浪聲卻莫名的讓他懷念。

又等了一會兒之後，她輕輕吸了一口氣說：「是有些關於伊予田春小姐的事，想告訴你。」

「來這裡的人，大多是時日無多了。所以，我見過很多死亡。小春總是為這裡的人打氣，幫他們拍照。大家都說想用她拍的照片當作遺照。為什麼呢？他們說，因為小春拍下了連自己都沒見過的笑容。」

藤代環視著飯廳，坐在牆邊的兩隻三色貓同時叫了起來，令他留意到整面牆都貼滿了黑白人像照，害羞竊笑的老爹、安靜微笑的美麗女子、流淚大笑的青年。

「一直待在接近死亡的地方，是什麼樣的感覺？」

藤代注視著用大頭針釘在牆面上的眾多笑臉問道。

「我的感覺嗎？雖然也有傷心的時候，但是來到這裡的人大多已接受死亡，我所能做的，只是協助他們以莊嚴的姿態迎接生命的最後一天。」

「病患們是如何接受的呢？」

「人這種生物，一旦身體偏離了心，就會產生混亂。所以，當人知道自己將死的時候，便會因為這種偏離而痛苦。」中河兩手合攏的握住了煎茶杯。「身體先衰弱，向死亡靠近，那種時候是最痛苦的，因為人無法忍受心靈被拋棄。但是不久後，心靈會追上身體，當兩者同步而行時，就會得到安寧。」

藤代學中河那樣，輕輕地捧住茶杯，還是暖的。

走進飯廳的老奶奶揮揮手，笑咪咪的說：「醫生妳好。」中河眼角堆起皺紋，也揮手致意，就像家有幼兒的母親。

「小春每星期走路來回一小時，到鄰鎮的出租店挑選要看的電影。大家一起看過《羅馬假期》，還有《秋水伊人》和《舞台春秋》。她選的經常是古老的愛情片，這裡的大家都很喜歡。這樣臨死前所記得的，都是戀愛的記憶。」

「那種故事都是脫離現實的。」

藤代啜了一口煎茶。

「沒有那種事。」中河烏亮的眼睛盯著藤代。「我半年前照顧的男病患，在報社做了四十年記者。直到過世前都還為報社撰寫報導的他，臨死之前才說，他寫了小說送給我當禮物。我讀了之後十分驚訝，因為那竟然是愛情小說。描寫他和舊情人如何相識，卻因為家庭因素，不得不分手的故事。」

「可能是無法忘懷吧。」

「我想，那與鄉愁不一樣。只有在走向死亡的過程中，才會重新記起當時鮮明強烈的情感吧。」

兩隻三色貓擠進桌子和椅子之間的空隙溜了過來，交叉劃出美麗的S形。牠們來到中河腳邊，喉頭發出咕嚕聲，中河伸長手揉了揉牠們的頭。

「小說怎麼樣？」

「什麼怎麼樣？」

「哦，不，我是問中河小姐有何感想？」

「坦白說，我看不太懂。只能說是一位非常嚴謹、認真、很像新聞記者所寫的小說。但是，他最後寫的幾句話，讓我深有同感。」

「什麼樣的話呢？」

「只有接近死亡才能明確感受到自己活著。而我認為，這種絕對的矛盾，落實在日常生活中的形式，就是戀愛。人在戀愛中，會有一剎那感受到自己現在還活著。」

「真是好句子。」藤代笑道。

「是啊，好到很想立刻筆記下來。」她瞇著眼睛報以微笑，然後邀請藤代，「雪已經停了，我們去散散步吧。」

從後門走到室外，只見一片廣闊的菜園。蔬菜的葉子在海風吹拂下，如同海浪般搖擺。

「這是蘿蔔，那是馬鈴薯，也有胡蘿蔔和高麗菜哦。」中河走在田野之間，依序殷切地介紹著。

踩著柔軟的泥土穿過田野，便看到形成巨大弧形的防波堤。遠處堆了好幾層的消波塊，一直延伸到大海，白浪靜靜地拍打岸邊。

「我很高興小春最後能夠去旅行。」凝視著密雲之下的無垠大海，中河繼續說，「她雖然在服藥，但能看到許多夢想般的景色，十分開心。」

「我接到好幾封她的信。」

「她也寄了照片給我，烏尤尼啦、布拉格啦，還有，」

「冰島吧。」

「對對，那個精靈之國。她告訴我，能寫信給你很高興。」

中河朝著防波堤緩步走去，那裡停泊著幾艘漁船，但好像沒有出海的意思，隨波搖擺的樣子宛如棄船。藤代跟著她清瘦的背脊往前走。

「住進這裡的醫院之後，小春狀況如何？」

「很痛苦。」

「……是嗎？」

「嗯，非常。」

說到這裡，中河看似難過的閉上眼睛，她的表情彷彿看到了小春臨終時的悲壯。

「從旅行回來後，她在大醫院動了手術，但成果並不理想，一直找不到適合的抗癌藥物。來到這裡之後，她瘦得不成人形，因為疼痛而難受，經常嘔吐。」

兩人並肩走在防波堤上，消波塊的盡頭，釣客揮著長竿的樣子變成了影子。

「生與死之間存在著難以忍受的疼痛。雖然我早已明白這一點，但小春的痛苦還是令人無法直視。她為了保持意識的清醒，不太想用止痛藥。」

是嗎？小春她，那麼的……。藤代想發出聲音，卻說不出話來。他覺得不論說什麼，對小春臨終的評語都是一種褻瀆。

「可是，小春最後還是能以莊嚴的方式離開了。」

「……小春，做了什麼嗎？」

「那天早上，我去病房時，她拿著一台捲片式的大相機。她說，想去海邊。那時候的她，因為注射了止痛藥意識模糊，連走路都有困難。但是她說，無論如何都想去。然後用顫抖的手抓住床欄，試圖想站起來。我忍不住流淚，趕緊找了輪椅來，推著她去海邊。」

位於消波塊盡頭的釣客影子有了大動作，大概是釣到大魚吧，釣竿彎成了弓形。釣客影子移動著，忽左、忽右。躍動的姿態，好像在跳著某種舞蹈。中河瞇起眼睛，注視著釣客的舞姿。

「我們來到防波堤的尾端，她拿起相機，將鏡頭對準水平線，用無力的手拚命撐起相機，不斷地拍攝這片大海。」

灰色的孤獨大海——這就是小春看到的最後景象。一想到這兒，胸口一緊，幾乎快要不能呼吸。

「……小春喜歡海。以前我們兩人去印度旅行過，印度南端一個叫科摩林角的小鎮。在那裡，她也是每天去看海。」

「其實，我在印度工作過。暫時離開日本的大學醫院，在新德里的醫院度過了兩年時間。我和在那裡認識的印度外科醫師交往，而他帶我去過科摩林角。說起這件事時，小春十分驚訝。她說，感覺到她和我的認識是命運的安排。」

「原來這樣……真是太巧了。」

釣客站住不動，釣竿也不再彎曲了，釣客恢復原來的姿勢，站在防波堤末端，伸出長竿。不知是已經把魚釣上來了呢？還是魚逃脫了魚鉤，潛到海裡去了呢？

「小春凝視著藏在雲中的旭日，對我說——」

「她說什麼？」

「看來，我好像是趕不上了。」

是啊，那時我們沒趕上。已經遺忘的景象，如同拍岸的浪花潮湧而來——

有一天我們要再來看喔。從圓窗看到的銀色機翼，坐在自印度歸途的飛機裡，小春包著毛毯俯瞰大海時，輕聲低喃道。

對呀，我們有天一定要再來。藤代回答。

「我們錯過了科摩林角的日出。怎麼趕就是沒趕上。所以我答應了小春，會再找時間一起去看。總覺得隨時都能再去。」

「那天下午，她去世了。到了晚飯時間，我去房間叫她，她像睡著般地離開了。」

「這個我想應該交給你。」

中河從皮包裡拿出一台相機說道。

那是小春那台手動式大相機。一接過來，機身沉了一下，那份沉重讓他感覺就像與她相處過的日子。

「謝謝你今天來。」臨別之際，中河笑道。「很高興能和你談談，這樣，我終於可以稍微把小春放進記憶裡了。」

她臉上帶著笑，用纖指抹去眼中堆積的淚。

小春的相機裡還放著底片。

回到東京，他先到家電量販店去沖洗照片。聽著不斷高分貝重播的店內主題音樂，把底片放在慘白螢光燈照射下的櫃台時，他想到，**這些照片不應該在這裡沖洗**。於是他向店員表示，要把底片帶走，只買了相紙，然後直接往大學走去。

穿過只剩下焦茶色樹枝的銀杏林，走進攝影社時，裡面坐著正在玩電玩的老學生、脖子上掛著相機，開朗燦笑的青年、並肩坐在沙發上喝可樂的情侶。懷念的同時，也感到一股焦慮——就像換了演員繼續演的話劇，而自己再也沒有站上這舞台上的機會了——想到這裡，不知為何很想大叫出聲。牆上依然沒有重點，胡亂貼著照片，只是大多數都是用數位相機攝影，再用PHOTOSHOP加工過的精美照片。

藤代表明了畢業學長的身分，社員們驚訝、惶恐地請他就坐。和他們談笑了一會兒，得知社團費漲到一千日圓，數位相機的便利性導致社員數增加，還有海邊夏季集訓，仍然按傳統繼續維持。他們很爽快的答應讓他使用暗房。

藤代一個人走進地下室，打開暗房的門，醋酸的氣味，把那時的記憶一古腦兒的喚醒過來。這個暗房，自己待過，小春待過，大島也待過。心頭怦怦跳的等待紅燈中浮現出來的影像。先把底片捲在捲盤上，用放大機檢查，再將相紙放進顯影液中搖晃，接著依序倒入停止液、定影液。他回想著每一項步驟，沖洗著小春的照片。

等待晾乾相紙的兩個小時，他不想再回社辦，而是轉進學校後方的咖啡廳。常和小春去的這家店，仍然放著華麗的搖滾樂。與小春分手之後，他不再用底片拍照，直到最後也沒有找到自己真正想拍的東西。到頭來，也沒有拍過肖像照，連為此懊惱的心情都失去了。

看著放在店內的漫畫雜誌，喝完檸檬汁，他去結帳。

與十年前相同的價格令藤代吃驚，他抬頭一看，老板撫著長鬍子說：「現在不玩相機了嗎？」又繼續問：「你的小女朋友還好嗎？」

藤代不知如何回答，只是陪笑了一下便走出店外。在別人的記憶中，小春依然活得好好的。

回到暗房，凝目注視著用夾子固定的照片，當眼睛習慣了黑暗後，他漸漸看到了大海。焦距糊了，曝光也亂了，但一切好像都罩在一層薄紗之中。

注視了一會兒之後，小春真正想拍的東西，一點一點的顯現出來。她拍的不是海，讓她按下快門的是被海上厚雲遮蔽、仍拚命放射出光芒的朝陽。十張、二十張、小春不斷地拍著朝陽，彷彿想要伸出手碰觸雲層後可見的光。

他的肚子痙攣了起來，喉嚨發出嗚咽。**有一天我們再來看喔！**小春的聲音撲向耳邊。痛苦、懊悔得無以復加，但是他只能呻吟。

醋酸的氣味暈開了悲傷的輪廓，令藤代好一會兒都邁不出暗房。

✤ ✤ ✤

塔斯克骨節粗大的手指握住了麥克風。

韓國團體的舞曲被播放出來，過度的重低音在LED環繞的空間裡鳴響。眼前的螢幕畫面依序現出歌詞，但塔斯克完全不用看，站在扇形的舞台上載歌載舞。他的後方，電吉他手、電貝斯手和鼓手，三人像說好似的，都是苗條、長髮，用窄管牛仔褲包覆瘦削過度的下半身，腳上搭配破爛的CONVERSE運動鞋。

曲子結束的同時，塔斯克閉著眼舉起拳頭。化身為韓流偶像唱完歌的他，獲得舞台四周熱烈的掌聲，塔斯克露出靦腆的笑容走下舞台。緊接著，八〇年代偶像歌曲的前奏響起，樂隊再次開始演奏。

「表演得真棒。」

藤代的目光跟隨西裝胖男子高舉雙手走上舞台的樣子，在塔斯克耳邊說道。

「沒有啦。剛開始也很難為情，但是沒想到在樂隊面前唱歌，很過癮呢。」

塔斯克擠壓著細長的眼角笑起來。外面還很冷，但他穿著胸前敞開的白色薄料T恤，從背脊隱隱傳來甜香。

外國人酒吧、辣妹酒吧聚集的都心綜合大樓，藤代和塔斯克兩人來到最頂層、有現場伴奏的卡拉OK。

得知小春的死訊後，過了兩個星期。

彌生仍然沒有回來的跡象。藤代感覺好像有人在他身體裡挖了一個大洞後，丟棄在荒野的感覺，但就像被施打了麻醉一般，沒有任何痛覺。每天都像是躺在地上，茫然呆看天空，混沌過日子。

五天前，塔斯克慣例性的約藤代出來喝酒。在郵件上寫了可選擇的日子後，輕描淡寫的在附註中提到婚禮將會延期。

上星期，藤代獨自到婚禮會場所在的飯店，告知取消婚禮的消息，並用了「親戚出事」等常見的理由解釋。

結婚顧問還是以一成不變的完美笑臉建議：**那麼，先暫時延後好嗎？您這樣的例子十分常見。**並用笑容為他打氣。

藤代準備促膝長談才赴約的，沒想到去到的地方卻是五光十色，還有現場伴奏的卡拉OK。一走進店裡，藤代為之愕然，但塔斯克卻歡呼道：「果然悲傷的話題，只能在荒謬的地方聊！」

「彌生姊離家出走了嗎？這下問題可大了。」

喝著第二杯啤酒，塔斯克咯咯地怪笑。啤酒杯中的金黃色液體，在LED燈的照射下，發出七彩光芒。

「你別說得那麼開心，好嗎？」

藤代喝了一口Highball，在塔斯克的額頭上敲了一下。

「對不起，不過，總覺得越來越有趣了嘛。」

舞台上，穿著開高叉禮服的白人女子邊唱邊跳泰勒斯的熱門歌曲，圍在四周的觀眾發出歡呼聲，在這個地方，歌手和觀眾便如此目不暇給的不斷輪替。

「我回了一趟老家，去向長輩解釋。」藤代拉高分貝。在這裡，就算是丟臉的話也得扯著嗓子，否則沒人聽得見。「告訴他們婚禮延期了。我以為鐵定要挨母親一頓罵，沒想到她卻笑了，跟你一樣。」

「你看吧，果然有趣嘛。藤哥，因為你從來沒有給人犯錯的印象啊。」

「才沒有那種事呢。我母親笑說，吃了癟反倒比較好啊。」

午後回到老家，和母親聊到傍晚。父親不在之後，只剩老貓和母親的家，好像找回了曾有的溫馨。

臨別之際，母親說了，你爸爸之所以不能接受別人，是因為他不了解自己。藤代不知道該怎麼回答，只說了，那下回見，便低頭拉上玻璃門。

沉默了片刻，門後傳來母親的自語聲：好啦，得去做晚餐了。隨著啪嗒啪嗒的輕步移動聲，映在玻璃門的影子漸漸變小。

「喂，藤哥，為什麼大家都要結婚呢？」

「誰知道呢，大概是沒有不結婚的理由吧。」

「這算什麼？是一種刪去法的概念嗎？」

「到了某個年紀，肯定都會想要結婚吧，希望能有家庭、有孩子。」

你真的想結婚嗎？事不關己般地說著那些話時，藤代反問自己。然而，他覺得這種問題沒有意義，恐怕也得不到答案。

曲子進入了間奏，華麗的吉他聲拔尖而起，舞台上的白人女子四處邊跑邊跳。每次從高叉露出雪白大腿，就有人高聲起鬨。所有客人都醉醺醺的，不時為別人的歌打拍子嬉笑。

「前幾天，我去參加電視台朋友的生日宴會。」見藤代沒有回答，塔斯克繼續說道：「和那裡的客人聊著聊著，突然冷靜下來。」

「為什麼？」

「有的人結婚得到幸福，有人則遭遇不幸；有人結了好幾次婚，有人想結卻結不成；有人能結卻故意不結。世上的人形形色色，但我覺得不論哪一種，都不適合我。」

「沒有那種事，你的女人緣那麼好。」

白人女子唱完後，燈光暗下，鏡球開始旋轉。剛才還在端酒的服務生拿起了麥克風，用拳擊賽司儀般誇張的語調介紹樂隊成員，也許音量調得太大，麥克風發出刺耳的噪音。

「藤哥，說來說去，我還是最愛自己。不，那場派對中的所有人，肯定也是一樣的。然而，大家卻想找個人相伴一輩子，這不是很沒道理嗎？」

在服務生的介紹下，被聚光燈映照的吉他手，秀了一手花俏的吉他獨奏。但他的眼神是空洞的，仔細一看，貝斯手和鼓手也都以同樣的眼神看著虛空。

「你說的沒錯，戀愛是不合理的。」藤代在獨奏表演結束之後產生的瞬間靜寂時，繼續說道：「即使如此還要結婚，是因為大家都感到寂寞。在人前歡樂笑鬧只是裝的，其實害怕獨處。」

「難怪連藤哥這樣理性的人，也會想要結婚。」

塔斯克撇嘴一笑，一口氣喝光了杯裡的啤酒。

「少廢話。」藤代再次敲了一下塔斯克的頭。

你爸爸無法接受別人，是因為他不了解自己。母親的聲音彷彿夾雜著吉他的噪音在耳邊響起。他的一生就像是付出了某些，就得放棄另一些。**雖然你爸爸也憧憬過勇於付出的幸福，但就是做不到。**吃著車站前買來的甜膩起司蛋糕時，母親說道。

「對了，藤哥……」

一直凝視吉他手的塔斯克低語。

「嗯？什麼？」

「我恐怕是跟家庭或小孩無緣了。其實，我很想和藤哥這樣永遠打鬧喝酒下去，但是藤哥有一天會結婚、生子、離開我。但是，我覺得我不會有那種未來，也許就這麼一輩子孤獨下去。」

一鼓作氣地說完，塔斯克望向藤代，長長的睫毛在LED燈的照射下，閃著紫色的光。

認識大約半年後，藤代和塔斯克兩個人去神樂坂的酒吧喝酒。後來，喝得爛醉的塔斯克到藤代家借宿，兩人連滾帶爬的進了房間，藤代直接倒在床上，塔斯克則睡在斜前方的沙發。

黎明，窗外濛濛亮起時，藤代醒了，隱約聽到了人聲，便朝沙發的方向看去。只見塔斯克裹在毛毯中，用貓一般的目光盯著他。

我可以到藤哥的床上去嗎？塔斯克囈語般的說道。藤代沉吟著不知該怎麼回答，雖然朋友告訴過他，塔斯克是個GAY，但是他在藤代面前從來沒有顯露出來。壁鐘滴答滴答的秒針聲音迴響在兩人之間。**我一個人睡不著。**塔斯克說。

藤代勉強揚起嘴角說：**拜託，這樣豈不像是兩個同志嗎？**塔斯克目不轉睛的凝視著藤代，皺起臉笑道：**說的也是。**然後喊著：**睡吧睡**

吧！便鑽進毛毯中。

古典吉他的前奏流瀉出來，與白人女子相伴的長髮男人走上舞台，握住了麥克風。**四月，她將到來，就在雨水滋潤著漲高的小溪時。**歌手般的清亮嗓音，唱出發音優美的英語。雪白的西裝搭配漆皮皮鞋，及腰的長髮挽成一束，那神態令眾人為之傾倒，酒客們全都靜默下來注視著舞台。

「賽門和葛芬科吔。這位大叔來真的呢。」

塔斯克耳語。**五月，她再次回到我身邊，在我臂彎中安歇。**長髮男繼續唱道。

「《四月，她將到來。》這首歌，以前我學長經常唱。」

藤代注視著舞台。

「很有保羅的風格，歌詞很純淨。」

塔斯克愉悅的閉起眼睛，搖晃身體。

六月，她的模樣改變了，不安分的步伐，在夜裡徘徊。塔斯克配合著長髮男，也用英語哼唱了起來，他的美妙顫音震動著藤代的鼓膜。

這時，他才注意到看過大島唱歌的人不是自己，而是小春。小春看到的景象，不知不覺間變成了自己的。

「說到賽門和葛芬科，最膾炙人口的還是《畢業生》吧。藤哥看過嗎？經典電影。除了這首曲子外，還有羅賓森太太、史卡博羅市集和《沉默之聲》。」

「嗯，最後一幕讓人印象深刻。」

「對！達斯汀·霍夫曼急忙趕到，衝進白色教堂，一把抓住穿著婚紗的新娘逃跑，然後坐進黃色公車，在最後座相視而笑。這時，《沉默之聲》的音樂開始流瀉。」

「名留影史的快樂結局。」

「……你是這樣想的？」塔斯克咧著嘴笑。「請你再重看一次那部電影，絕對會完全改觀喔。」

「怎麼說？」

「私奔的兩個人坐進了公車，充滿興奮的相視而笑。可是，當公車駛出後，兩人突然一本正經的隨著公車搖晃，心情不安、眼神渙散的低下頭。剛才還充滿希望的笑臉，此時蕩然無存。」

塔斯克比手劃腳地滔滔不絕。

七月，她離開了，沒有任何預告。舞台上的長髮男人閉上眼睛，把手靠在胸前。**八月，她必然死了，在微寒的秋風冷冷吹拂中。**

「那部電影的最後一幕，我看得很絕望。雖然兩人私奔了，但卻是被丟進現實裡，在『我們今後該怎麼活下去才好』的徬徨中結束。」

「你還是一樣，愛挖苦。」

「可是，事實不就是那樣嗎？八成在他們私奔，來到戀愛巔峰的瞬間，就只能從那裡滾下坡去了。」

回過頭，歌曲已經終了，長髮男深深的一鞠躬，觀眾們給予熱烈的鼓掌。也許是想揮去寂靜的氣氛吧，吉他手彈起了重搖滾的前奏。穿著防風外套，貌似投機企業家的青年站上了舞台。

藤代愣愣地看著他的背影時，塔斯克湊近耳邊說：「藤哥，你去找過彌生姊嗎？一定沒認真找吧。」

「你說這什麼話，我一直在找啊。」

「真的嗎？藤哥，你不都只是坐在那裡等嗎？有試過主動做些什麼嗎？」

「你這傢……」

塔斯克打斷了藤代慍怒的話語。

「你應該更煩惱、更痛苦才對。若是不想放手，就別再踟躕不前、原地踏步了。說到底，藤哥只是眼睜睜的看著彌生姊走罷了。」

怒火中燒的腦袋，突然冷卻下來。

他想起在雨中奔跑的小春背影。那時候，他不敢去追她，即使那麼愛她，卻狠心放棄了小春。而現在，他又打算放棄心愛的人。為什麼呢？為什麼對愛這麼難以堅持呢？也想要趁著激情變奏的吉他聲中坦白心意，但卻發不出聲音來，也不知道這些話該說給誰聽。

「嗯，不過，男人都有這種得過且過的心態。我也是一樣。」塔斯克盯著低頭默然的藤代說道。「我想過，當人發現自己誰都不愛的時候，就會變得孤獨，因為那表示他也沒愛過自己。」

塔斯克利箭般的眼光，與那一夜在毛毯中盯視他的眼睛一模一樣。

深夜，藤代回到家，打開彌生臥室的門。

冰冷的空氣中微微帶著彌生頸項的味道。藤代揮開氣味，靜悄地踏進房間。木製書桌上有座黑色檯燈，看上去像是向他行禮，書架上按尺寸大小，井井有條地排列著書，最旁邊擺著藤代和彌生兩人的合照。是在哪家餐廳呢？在燭光的照耀下，兩人甜蜜地笑著。

他拿起那張照片，凝視了半晌，卻怎麼也想不出那是何時拍的，也不記得那時的感情。

藤代躺在久違兩年的彌生床上，柔軟的羽毛被包裹身體，然而，被子的表層冷冰冰的，他不由得打個哆嗦。藤代凝視著天花板，感受著體溫漸漸擴散到棉被上。

九月，我忘不了，剛誕生的愛情，不久也事過境遷了。

回想起長髮男人的歌聲，感覺枕頭下有東西，一翻開，那是一封已拆封的信。

那是小春不知何時寄來的，最後一封信。

三月結束時，他——

充斥著香料味和人群熱氣的月台一角，藤代坐在行李箱上。

雖然是大車站，但這裡既沒餐廳也沒咖啡店，只有巨大烏黑的混凝土月台，縱向三條平行並列。等車的人們攤開大包袱，躺在上面打發時間，幾隻溫馴的野狗漫無目標地穿梭在橫臥的人體之間。

駛往科摩林角的列車，原本預計正午發車，但藤代在旅館退了房，來到城外的車站時，年老的站務員卻告知列車將誤點。

「沒辦法，這種事在這裡很常見。」

站務員聳聳肩說。

「列車何時會來呢？」

藤代問道。

「不知道，還要再花點時間。或許再三小時，或四小時吧。」

站務員以沙啞的聲音答道。

所有的列車都大幅誤點，車站收納了無處可去的乘客，擠得水洩不通，野狗和小孩相鄰而眠。

在這種地方，接下來幾個鐘頭該怎麼消磨呢？藤代一籌莫展。這時又懷念起那道咖哩魚排的味道——九年前，與小春一起來時吃過的那道咖哩。他想再吃一次。

穿著白色紗麗的美麗服務生，用銀盤端來了咖哩。帶點紅色的奶油色湯汁裡，吃得到燉煮過的滑嫩白肉魚和青菜，與白飯一起含在嘴裡，溫潤的辛辣，與數種文化交融的香料味擴散開來。

有個來南印度旅行的背包客朋友告訴他，若是去科契*，一定要嘗嘗魚排咖哩。**其他食物雖然也好吃，但是，只吃魚排咖哩就很值得**

---

*注：科契（Kochi），是印度喀拉拉邦最大的城市和主要的港口。

了。他再次強調。藤代和小春都聽懂了，各種美食都可以試試，但只吃咖哩就夠了。

店裡有座大型的古董吊燈，牆面交互嵌砌了白色與淺藍磁磚，形成格子狀。從大面窗台看出去，馬路上汽車和人力車匆忙來去。餐廳裡卻像是另一個世界，靜謐清雅的時間緩緩流動。

前天，藤代一到科契，就前往吃魚排咖哩的餐廳，但是那兒已改建成全新的商務飯店，在耀眼的陽光反射下，鏡面般的窗子閃閃發光。

藤代瞇起眼睛，仰頭看天。**也許這樣也好，因為小春再也吃不到那道咖哩了**，他心想。以前餐廳所在的地點，現在上空只剩一片藍。

天色暗淡下來，藤代在車站月台上無所事事，靜靜地的等待火車。不看書、不聽音樂、不玩手機，只是專心的承受著這個狀況，默默等待。

第一個小時，他還能帶著趣味欣賞稀罕的景色，以及車站裡當地民眾的舉止；可是，經過了三個小時、四個小時之後，無所事事的空等，漸漸形成了一件苦差事。即使如此，的確獨處時的孤獨，是忍受得了的。他在沁涼的水泥地上躺了下來，呆望著淡紫色的天空。

誤點六小時後，駛進科契車站的臥鋪列車，朝著南方緩慢地發動，預計九小時之後，就會到達終點站科摩林角。

靠著車票上印的數字，找到自己的車廂，來回尋找臥鋪。34B，車票上寫著。但是那個號碼的臥鋪上，已經坐著一個印度年輕人，厚實的背脊、充滿肌肉的粗壯手臂，身上還穿著類似軍隊的制服，他把手機的音量開到最大，正聽著嘻哈音樂。床上胡亂擱著沉重的背包、壓扁的百事可樂罐，年輕人的腿隨著節奏咯嗒咯嗒地打著拍子。

「這是我的床位。」藤代向他出示車票說道。「34B。」他再次強調。

可是年輕人無意拿出車票，還是歪著頭，繼續配合音樂用腿打拍子，笨重的靴子敲在地板上發出混濁的聲音。

他已耗盡了全身力氣，實在沒有和這個男人大打一架以奪回臥鋪的精神，長時間的候車讓他筋疲力竭，其他床位也都坐滿了人。車掌雖然了解狀況，但也裝作沒看到。

然而，接下來的九個小時，該怎麼辦才好呢？

這時，對面臥鋪躺著一個閉目養神的老婆婆，只見她緩緩地坐起，用當地語言對那年輕人說話，年輕人不理會還在聽音樂，老婆婆突然站了起來開始喝斥，比手劃腳的要他離開，最後那年輕人大概放棄了吧，從床上站起來離開車廂走了。老婆婆朝著他的背又叫喊了些什麼，然後翻起寶藍色的紗麗，嘆了一口長氣，再次躺回床上。

這下只剩他和老婆婆兩人，藤代用英文表示感謝，老婆婆仍皺著臉，搖搖頭，說起當地方言夾帶口音很重的英文。

「那傢伙真是太不像樣了！」不可思議的是，雖然他幾乎一個字也聽不懂，但是卻能瞭解她的意思。「不過，你自己也要強硬一點才行啊。」

一個少年端著茶壺走過臥鋪旁，藤代叫住了少年，連同老婆婆的份，買了兩杯茶。將裝在紙杯裡的茶遞給老婆婆時，她露出少許笑臉，喝下那溫甜的飲料。

粉紅夕陽溫柔照映在窗外的田野上，水牛悠閑漫步，少年們在塵土中追逐著足球。列車經過幾個小站，站上等待的旅客如景色般流過。

這裡真會有列車停靠嗎？許多班列車在這種小站都是過站不停的。

在那裡等車的人，與自己的人生沒有交集，讓他覺得此後的列車彷彿也永遠不會停靠在那些小站。

他聽到低沉輕喃的聲音。躺在臥鋪上的老婆婆閉著眼睛在唱歌，哀傷但溫柔宛如搖籃曲般的旋律。顫抖著，如同哭泣般的歌聲。聽著那首歌，望著被染成粉紅色的印度大地，竟有種這塊陌生土地就是自己的故鄉之感。

「這首歌在唱些什麼呢？」

藤代夾雜著手勢問道。

「這是印度南方的古老民謠。」

老婆婆回答道。

從前，有一對身分不同的男女墜入了愛河，決定互許終身。但是，這個約定無法實現，悲傷欲絕的男子投河自盡。得知消息後，女子也跳進那條河殉情，兩人在廣闊的海洋裡重逢。

「人會死去，但死去的人會回到我們身邊，」老婆婆說，「激勵我們活下去。」

接著，她又唱了起來。一次又一次、一次又一次，唱了許多遍。

窗外天色漸漸暗沉，不久，全然的黑暗吞噬了一切。

聽著搖籃曲般的歌，藤代不知不覺在床上舒服地睡著了。即使在夢中，那首歌仍在唱著。

那是三月的最後一夜。

✤ ✤ ✤

給阿藤：

我現在在海邊的醫院，這裡是為臨終病人準備的地方。

我也許會死。想到這一點時，我便決定出門去旅行。

烏尤尼的天空之鏡、布拉格的大時鐘、冰島的黑色沙海，我想走遍所有想看的景色，把在那裡的感受全部拍下來。

我決定了最後一個目的地——印度的科摩林角。

想去看看沒能和阿藤看到的日出。

阿藤，你還記得那場婚禮嗎？

九年前，我們一起去了科摩林角。離海很近的雪白飯店、慢半拍的服務生、古董床、成為廢墟的六樓空間。在屋頂陽台遙望閃著翡翠綠光的大海時，我們認識了印度青年。他的眼睛如寶石般烏黑閃耀，鼻子高得驚人。喝著紅酒已然醺醉的我們，向獨飲的他打招呼後，立刻意氣相投。

明天我要結婚了。分別時，他突然吐露心聲，並且邀請驚訝、獻上祝福的我們，參加他的婚禮。

鈴蘭的飾品、五顏六色的紗麗、天鵝絨布的大傘、粉紅色的頭巾、繞了好幾圈的手環、畫著美麗紋路的彩繪、由七位廚師做的喜宴。我們在午後到達會場，宮殿般的宅院裡，正緊鑼密鼓的在進行婚禮準備。

西塔琴樂團入場，開始婉轉悠揚的演奏，披著紗麗的舞孃們，以翩然的手勢舞動著。青年與大象隊伍一同從林立的椰子樹間走了進來。坐在他身邊的美麗新娘，宛如印度電影中的女明星。

那時，我真的嚇到了。直到此時我們才知道，他是偷跑到陽台來喝酒的印度大君。

在甜膩濃郁令人發嗆的花香圍繞下，婚禮在帳篷中舉行。狹長的餐桌上，我們享用了豐盛的餐點。夜深之後，隨著樂團的演奏，一身白衣的新郎，與裹著水藍紗麗的新娘，一同翩翩起舞。接著，大家也陸續加入舞蹈的行列。眾人撒花高歌，不時高呼，一直跳到天空微明之時。四周撒滿了花朵，宛如黃色的大海。

我們本來要在破曉時，與新郎新娘，一起去科摩林角看日出。印度最南端海上的日出。

它一定能引導你們的人生，走向更美好的路。

青年大君如此說道。然而，我們卻在宅院裡睡著了，沒能看到日出，就這樣打道回府。

「總有一天，一定要再來看哦。」在歸程的飛機上，我們做了這樣的約定。那時的我們相信，隨時都可以再來。

我想再去一次科摩林角。想把我感受的日出拍成照片，讓你看看。

但是，似乎已經來不及了。

知道自己不久於人世時，我試圖找出過去至今的珍貴寶物。翻開相簿，選出了一張張照片。

亂七八糟的大學社辦、日照良好的公寓、電影齊全的出租店、薑燒可口的套餐店、從大樓縫隙間看見的藍天、小平交道、有翹翹板的公園。平凡無奇的日常景色。

我領悟到自己尋找的世界就在這些日常之中，它們全都覆蓋在乳白色的面紗之下。一如烏尤尼、一如布拉格、一如冰島那般，存在於地上與天國之間的景色。

我驀然流下淚來。那時，我明白了，不是自己從這個世界消失，而是融入了世界。

悲傷的心情與幸福的心情，在某些時候十分類似。

現在，我感受著溫暖的風，春天已經來到。「再等一會兒、再等一會兒。」倏地，我彷彿聽到阿藤的聲音，是大學的那間暗房裡，從後方傳來的聲音。開往海邊的公車上，大家都歡笑著，大島哥在海邊唱著《四月，她將到來》。那時候的我們都愛著某個人，並且活著。

我為自己的死感到哀傷，但是，並不怨恨存在著死亡的現實。

現在還愛著阿藤嗎？

坦白說，我也不太清楚。也不知道為什麼要寄信給你。

但是，在寫最後的這封信時，我懂了。

我想見見我自己，見見那時候愛著你的自己，見見那個心思率真時的自己。所以寫信給你。

當我愛的時候，也第一次被愛。
就像是日蝕。
「我的愛」與「你的愛」同等重疊的時刻，只有一瞬間。
無法避免的從今日之愛，轉變為明日之愛。但是，我認為只有曾經共同擁有那瞬間的兩人，才能依隨愛的變化。

永別了。
我祈禱阿藤現在愛著某個人，而那個人也愛著阿藤。
即使只有一瞬間，也希望你能成為與人共享愛情的人。

伊予田春

告知列車即將到達終點的廣播，將藤代喚醒。

看向隔壁的床，老婆婆已不在，只有她喝過的紙杯還留在窗邊。

謝謝妳，後會有期。本想在離別前向她致謝，但怕是再也見不到面了吧。

就像列車通過小站時，在車站等候的人群，幾乎所有的邂逅，都只不過是那種偶然的交會。

清晨的車站如同深夜般晦暗，黑上加黑，一再塗抹的黑暗。從臥鋪列車下車的乘客，蹣跚地走在偌大的月台上，背負著大過身體的貨物、在黑暗中行走的身影感覺不到生命。

穿過黑暗，好不容易到達有一顆電燈泡照亮的剪票口。藤代撥開人群走出車站，跳進計程車，指示他到科摩林角。

「想看日出嗎？」

行駛在車站前坑坑巴巴的道路，司機用英語單字詢問。照後鏡上吊著白貝殼作裝飾，車子每一搖晃，就發出嗄啦嗄啦的聲音。

「是的。希望能趕得及。」

藤代語帶虔誠地回答，眼睛凝視擋風玻璃前方無盡的黑暗。儀表板上放著花環與小小黑木雕像，是化成象的神像。

「那片海很特別。」

街燈照在司機身上，顯露出他的臉龐，是個頭上捲著橘色頭巾，留著聖誕老公公式的白鬍子的老人。

「怎麼樣的特別？」

藤代從小背包裡拿出寶特瓶喝水，才發現自己有多渴。

「那片海是由印度洋、阿拉伯海與孟加拉灣三股海流交匯的聖地。」

「以前來這裡時有聽說過。」

「看到日出了嗎？」

「沒有，我錯過了。隔了十年，才終於能再來看它。」

申請了兩星期的休假，死求活求的才獲得醫局長的許可，醫局長雖然答應得不太情願，但奈奈自告奮勇的請求代理出勤。

「我等著藤代醫師帶回來的土產故事。」

她笑著送他離開。

伍迪．艾倫則請塔斯克照顧。

「唉，我對貓過敏吔。」他嘆道，然後眼角擠出皺紋笑道。「不過，我會趁這個機會克服的。其實我很愛貓和狗。」

臨別時，伍迪·艾倫從貓提籠中凝視著藤代，好像在問，為什麼要走？

計程車穿過凹凸不平的沙石路，進入柏油路後，突然搖晃停止，車內沒了聲音，疾速駛來的對向車，照亮了在暗路中徒步的孩子身影，又絕塵而去。

他們也是去看日出的嗎？緊張令人更加口渴，藤代再次把寶特瓶倒向嘴裡，一口氣喝光所有的水。

「別擔心。」司機從照後鏡瞄著藤代說，「趕得上日出。」

然後踩緊了油門，老爺計程車轟鳴了一聲抖動加速。

在彌生臥室發現小春的信時，藤代好像才終於從漫長的夢中醒來。

他把信帶回客廳，貪婪地讀著。曾經喪失的東西，隨著紙的冷硬觸感成為不能逃避的事實，飛進藤代心裡。

小春死了。彌生讀過這封信，一切都是現實。

彌生肯定立刻明白藤代和小春的關係，已經是過去式吧，也知道他們再也回不去了。

然而，彌生讀過這封信還是讓藤代惶惑不已，並不是因為她知道了藤代的祕密戀情，而是小春坦率的情感、臨終時的心情，將藤代與彌生之間喪失的是什麼樣的感情，清楚地浮現出來。

——我祈禱阿藤現在愛著某個人，而那個人也愛著阿藤。

小春的字跡是抖動的，大概是手指沒有力氣，所有文字看起來都在搖晃而虛軟。但是，她還是在那個看得見海的醫院，使盡力氣顫抖著，想把話語告訴藤代。

我是否也有用盡力氣也想傳達的話呢？藤代心想。我該怎麼回應小春的話呢？只要付出愛，對方的心裡一定也會萌生愛情，抱著這樣的信念，全心投入。但是，這麼簡單的事，自己卻做不到，因為似乎早就沒有了適合稱之為「愛」的感情。

信中還附上照片——是藤代含笑的側臉。

第一次兩人到澀谷，小春在歸程的電車上拍的照片。

自己也不曾見過的自己笑臉。這是小春眼中所見的、顏色淺淡的世界，有愛的世界。那個時候，藤代確實身在其中。

計程車突然緊急煞車，前面的馬路上停著三輛並排的警車。

「讓我們通過！我要送這位客人到海邊。」

司機搖下車窗，對警察喊道。

「今天只能到這裡。往海邊的道路太擁擠了，很危險。從這裡開始下車徒步。」

體格魁梧的警察來到計程車旁說道。

「從來沒遇過這種事。」司機堅持，「客人在趕時間。」試圖守住承諾。

但是警察毫無退讓的意思，很快結束談話，回到警車去了。

「對不起，從這兒開始，得請您用走的。」

司機回過頭，歉疚地對藤代說道。坐在儀表板上的象神注視著藤代。

「到海邊要走多久？」

藤代打開門，一邊問道。

「多久？」司機咧開嘴笑，「那要看你啦。」

藤代報以苦笑，從後車廂拿出行李箱，拖著沉重的箱子，開始往前走去，行李箱在粗糙的沙石路上喀嗒喀嗒地跳動。

眼前是一條無盡伸展的筆直道路，盡頭的天空透著朦朧的光，是一片清澈的藍。

「神會保佑你的！」

他聽見背後傳來司機的呼喊。

藤代拖著行李，走在迢迢的直路上，氣息漸漸紊亂，心口開始苦悶，他感覺背脊已經汗濕，腳底踩在沙石上，變得麻痺發熱。在久違十年的印度小鎮，想像自己拖著沉重行李，汗流浹背的模樣委實滑稽，他忍不住笑了出來。

長路的兩側，櫛比鱗次的並排著一台台攤販。桌台陳列著白貝殼做的飾物、衣架上吊著豔彩的T恤、成熟的鮮黃色香蕉和芒果、油炸麵包的芳香氣味、雜亂排列的兒童玩具、大大小小的掛鐘，靠著旭日的微光，無數的露天攤販都在張羅著準備開店。

藤代側眼看著那些攤子，腳步不停地往前走。漸漸地，與他並肩同行的人不斷增加，從來觀光的全家福，到穿著芥末色袈裟的修行僧，大家都走在這條直路上。

自己有多少年沒有這麼拚命走路呢？錯了，也許自己從來沒有朝著哪個目標拚命走過吧。

道路的盡頭出現一座設置在螺旋狀斜坡上的巨大燈塔，應該很接近海了，可是路途又遙遙無盡，彷彿越往前走，路就越長。腳步聲逐漸變快，與心跳同步。

長路盡頭的天空，開始明亮起來，從藍變成白，並且映出橘色的美麗漸層。旭日就在前方了。心情一急，又加快了步伐，呼吸變得吃力。

他抬起了頭，空中隱約看見銀白的月，它掛在相當遠的地方，在漸次發白的空中，發出熒熒的光。

道路突然劃出一個大弧線，他小跑步彎過弧線，眼前出現一片湛藍的海。浮在大海盡頭的小島上，立著一座巨大的石像。藍白橘的漸層天空，刻畫出石像神聖的剪影。印度洋、阿拉伯海和孟加拉灣，三道海流匯合的聖地。

他聽見那個司機的聲音：**神會保佑你！**

平緩傾斜的海岸擠滿了人，昏黯的沙灘上出現數千個人影，沙灘上並肩的紗麗女子，以及站在水邊，半身浸在海中、凝望海平線的修行僧。

藤代擠進群眾之中，望向大海，海的盡頭，看得見朦朦的光芒輪廓。人群皆抱著豈可錯過日出的堅持，如同聚棲於海岸的鳥群慢慢移動。

海平面暈染搖曳著，晨曦出現了。

強烈的光箭直射入眼中，人們湧出地牛震動般的譁聲，既非歡呼，也非怒嚎，而是人們看見太過神聖的事物時，各種驚嘆的集合。

群眾們不約而同的向晨光合十膜拜；修行僧們面向白浪，一個接一個的走進海中。

在旭日的照耀下，大海的顏色轉變成翡翠綠，閃閃發光，遠處巨大石像的和藹笑容，在光環中漸漸清晰起來。

他聽到有人在呼喚，轉頭看向水邊。

沐浴在晨曦中的群眾裡，他看見了彌生，她混在色彩繽紛的紗麗女子中，獨自凝望著旭日。

「彌生！」

藤代呼喊著，但是浪花洶湧的拍岸聲將他的聲音抹去。

他從向晨光合十的群眾間拖著行李鑽過，朝彌生走近。氣喘如牛，汗水從額頭滴落，他想再一次呼喊她的名字，但是聲音微弱而顫抖，說不出話來。

這時，他察覺淚水正從自己的眼中奪眶而出。

與彌生相依著從大學校園走向地下鐵的小路上，他就預感著兩人將會一生相伴；在動物園丟出蘋果的時候，他也相信，彌生打的賭絕不會輸；在商店街看著煙火告白時，彌生說：**我現在也想著同樣的事**。

月亮與太陽重合，剎那的奇跡，他回想起愛的感覺重合，如同日蝕一般的瞬間。

當我愛的時候，也第一次被愛。

只要活在世上，愛就會遠離，那個時刻難以避免的必會到來；但是，相愛的剎那，為當下的生命形塑了輪廓。

互不了解的人走在一起，試著兩手交握，互相擁抱。失去的已無法追回，但是他願意相信兩人之間還留著什麼，他要將那些碎片一一拾起。

他想和彌生去喝杯熱咖啡。想起在他們的客廳裡，她吸地，他洗碗。早晨起床時道句早安，現在在做些什麼呢？忙於工作時，驀然想起她。打開門，說聲：**我回來了**，便聽到她說：**回來啦**。一天的結束，睡前道聲晚安，在共同的床上入眠。平淡無奇的日常中，相愛相親的活著。

彌生的目光轉了過來，用那淡褐色的眼睛看著藤代。

一回神，他已經放開那沾滿泥沙的行李箱，向前狂奔。既非過去也非未來，而是朝著現在的她大步快跑。

暈染的視野盡頭，群眾們領受著發出金黃色光芒的晨光。太陽緩緩的升上天空，將海岸染成橘紅色。巨大的石像從海上凝視著人們，彷彿守護著這世界上所有生靈。

天空從藍轉紅，漸漸融合成白色。溫暖的風吹送過來。

彌生的腳邊開著白花，陽光溫柔的包裹住兩人。

不知何時，春已降臨。

藤代撥開人群，來到彌生的身邊。

迎向四月晨曦照耀下的她。

四月，她將到來

作者　川村元氣 Genki Kawamura
譯者　陳嫻若 Laurel Chen
發行人　林隆奮 Frank Lin
社長　蘇國林 Green Su

出版團隊

總編輯　葉怡慧 Carol Yeh
日文主編　許世璇 Kylie Hsu
企劃編輯　許世璇 Kylie Hsu
封面設計　許晉維 Jin Wei Hsu
版面構成　譚思敏 Emma Tan

行銷統籌

業務處長　吳宗庭 Tim Wu
業務主任　蘇倍生 Benson Su
業務專員　鍾依娟 Irina Chung
業務秘書　陳曉琪 Angel Chen
　　　　　莊皓雯 Gia Chuang
行銷主任　朱韻淑 Vina Ju

發行公司　悅知文化　精誠資訊股份有限公司
　　　　　105台北市松山區復興北路99號12樓
訂購專線　(02) 2719-8811
訂購傳真　(02) 2719-7980
專屬網址　http://www.delightpress.com.tw
悅知客服　cs@delightpress.com.tw
ISBN：4711510762154
建議售價　新台幣360元
三版一刷　2024年07月

國家圖書館出版品預行編目資料

四月，她即將到來。/ 川村元氣 著；陳嫻若譯. -- 三版. -- 臺北市：精誠資訊, 2024.07
面；　公分
ISBN 4711510762154（平裝）
861.57　　　　　　　　　　　　　110006813

建議分類｜文學小說・翻譯文學